회사때려치우고 카페합니다

회사 때려치우고 카페 합니다 6

초판 1쇄 발행 2024년 10월 28일

지은이 | 성상헌
발행인 | 최원영
편집장 | 이호준
편집디자인 | 박민솔
영업 | 김민원 조은걸

펴낸곳 | ㈜ 디앤씨미디어
등록 | 2002년 4월 25일 제20-260호
주소 | 서울시 구로구 디지털로32길 30 코오롱디지털타워빌란트 1301-1308호
전화 | 02-333-2513(대표)
팩시밀리 | 02-333-2514
E-mail | papy_dnc@dncmedia.co.kr
블로그 | blog.naver.com/gnpdl7

ISBN 979-11-364-5651-9 04810
ISBN 979-11-364-5429-4 (SET)

※ 저자와 협의하여 인지는 붙이지 않습니다.
※ 이 책은 ㈜ 디앤씨미디어(파피루스)가 저작권자와의 계약에 따라 발행한 것으로 본사와 저자의 허락 없이는 어떠한 형태나 수단으로도 내용을 이용할 수 없습니다.

PAPYRUS MODERN FANTASY

회사 때려치우고 카페 합니다

펩티드 현대판타지 장편소설

CAFE MENU
OPEN DAILY

1장 ········· 7

2장 ········· 73

3장 ········· 135

4장 ········· 201

5장 ········· 267

1장

 봉사 활동을 시작한 지 30분 정도.
 갈림길에서 헤어졌던 이선아, 수호, 수아와 합류해서 카페로 돌아왔다.
 첫 활동으로 이 정도면 썩 괜찮았다. 의외의 수확도 있고 말이다.
 '엉뚱한 욕심 가지고 돌아다닐 땐 못 봤는데. 착한 일 하니까 보이네.'
 반쯤 채워진 쓰레기 봉지와 다르게 가득 채워진 무거운 주머니.
 물론 땅의 정수는 아니었다.
 대신 안에는 탐스러운 빨간색의 산딸기가 가득 있었다.
 "어?! 아저씨! 어디 다쳤어요?"

"응? 아, 이거? 아냐."

조금 어두워진 길에서는 못 봤던 수아가 밝은 카페로 돌아오자 봤는지 깜짝 놀라 물었다.

주머니에서 살짝 눌렸는지, 붉은 산딸기 물이 묻은 거다.

얼른 오해를 없애기 위해서 산딸기를 꺼냈다.

"엥? 이게 뭐예요?"

"산딸기."

"우아! 저 산딸기 처음 봐요!"

"응? 처음 봐?"

"네!"

수아의 말에 조금 의아했지만 금방 이해했다.

아, 얘는 탕후루 같은 거나 사 먹지.

나 때는 산에 돌아다니면서 많이 주워 먹고 그랬는데…….

세대 차이가 여기서 나다니.

"언니는 봤어요?"

"응? 아니, 나도 처음 봐. 심지어 아까 사장님이 갑자기 풀에서 줍길래 뭔가 했는데, 산딸기라고 해서 깜짝 놀랐지 뭐야? 산딸기는 밭에서 따는 건 줄 알았는데 그냥 이렇게 딸 수 있다니."

아, 그러고 보니 이쪽도 그랬었지.

세대 차이가 아니라 그냥 사람 차이였나 보다.

한송이 말처럼 아까 산딸기를 발견했을 때 깜짝 놀라며 신기해했었다.

당시엔 왜 그런지 잘 몰랐는데, 그게 산딸기를 따는 모습을 처음 봐서 그랬던 거였구나.
"크흠. 자자, 다들 자리에 앉으시고. 잠깐만 기다려 주세요."
"이걸로 뭘 만드시려고요? 밥? 디저트?"
"……밥은 이장님이 사 오신다고 했습니다. 디저트를 만들려고요."
"아하!"
산딸기 밥이라니…… 참 창의적이고 편견 없는 발상이었다. 쉽지 않은 생각인데 말이지.
아무튼 밥은 당연히 든든하게 먹어야지.
물론 여러 가지 효과를 넣으면 밥보다 더 든든한 디저트가 되긴 하겠지만. 이미 이장님이 손수 준비해서 오신다고 했다.
'환영 파티 겸이랬나.'
원래는 내가 하려고 했었다.
간단하게 파스타나 피자 정도면 될 것 같아서.
그런데 이장님이 봉사하는 도중에 전화하셨다.
아직 모임 중이냐고. 혹시 밥은 먹었냐고.
같은 단톡방에 있긴 했지만, 자세한 건 얘기하지 않아서 궁금하신가보다 싶어 알려 드렸는데…….
기왕 이렇게 된 거, 자기가 한턱 쏘겠다고 환영회를 겸하자고 하셨다.
덕분에 마을에 활기를 불어넣어 줘서 고맙다고 말이다.
마침 또 그런 와중 우리가 마을에 도움이 되는 자원 봉사까지 한다고 하니…….

일종의 찬조인 셈이다.

나야 거절할 이유가 없어서 당연히 감사히 먹겠다고 했다.

"고기! 고기다! 이장 할아버지는 고기 러버니까!"

내 말을 들은 수아가 벌떡 일어나서 소리쳤다. 일리가 있는 말이었다.

그 근육이라면 고기를 먹지 않으면 유지할 수 없으실 테니.

아무튼 이장님이 밥을 가지고 온다고 하니 나는 디저트를 만들기로 했다.

주방으로 들어와서 주머니에 가득 채운 산딸기를 꺼냈다.

"자, 그럼 한번 만들어 볼까?"

샤인머스캣, 캠벨 포도, 그리고 산딸기. 이걸 보니까 생각나는 게 하나 있다.

바로 수아가 좋아하는 탕후루.

'셋을 함께 꽂으면 좋아하겠지.'

색도 뭔가 알록달록해서 예뻤다. 크기는 좀 다르지만 그래서 더 매력적인 것 같기도?

그리고 다른 하나는 토리의 굴에서 잘 발효 시킨 요거트에 과일을 듬뿍 뿌린 과일 요거트.

'당이 많이 들어가는 편이지만, 샤인머스캣에 혈당 조절 효과가 있으니 괜찮겠지.'

혹시 모르니 강화를 좀 시킬까?

만생공의 목록을 떠올렸다.

일단 맛을 끌어올리는 브라우니의 역발산기개세는 넣고.

뀨르~

여기에 봉사 활동을 지속할 힘으로 끈기와 대기만성 그리고 마지막으로 뚝심까지 조합하면…….

―적수성연(積水成淵)(1년)

응? 처음 보는 특성이 나왔다.

이런 효과로 조화가 된다고?

한 방울, 한 방울의 물이 쌓여 연못이 된다라…….

하긴, 끈기와 대기만성 같은 걸 섞었으니 나올 법한 효과긴 했다.

그런데 더 놀라운 사실은 그 뒤에 있었다.

'1년.'

지속 기간이 1년이라니. 여태 이 정도의 효과를 내는 게 있었나?

길어야 일주일, 열흘이었는데 이렇게 긴 지속 기간이라니.

문득 호랑이 쉼터를 이어받은 지 얼마 안 됐을 때 텃밭에 남아 있던 당근의 효과가 떠올랐다.

지속 효과가 붙은 할아버지 텃밭의 작물.

그건 아직도 유지되고 있었다.
—활력 증진(지속)
—눈 건강 향상(지속)
여전히 끝이 언제까지인지 알 수 없을 정도로 긴 효과였는데…….
1년이면 거의 거기에 근접하지 않을까?
물론 아닐 수도 있지만.
어쨌든 거기에 점점 가까워지고 있다는 생각은 들었다. 할아버지와는 조금 다른 방식으로 말이다.
얼떨결에 얻긴 했는데 기분은 좋았다.
괜히 볼이 간지러워 손가락으로 한 번 쓸고 다시 효과를 확인했다.

[과일 요거트]
*효과
—적수성연
—소화계통 질병 예방
—혈당 완화 조절
—면역력 강화
—활력 증진

마지막에 꿀까지 뿌렸더니 효과가 장난이 아니다. 물론 그중에서 제일인 건 역시 1년짜리였지만.
근데 그러고 보니 대체 뭐가 한 방울씩 모여서 연못이

된다는 거지?

'그러네. 성장 비슷한 뭐, 그런 건가? 아니면 뭔가 노력을 하면 그게 쌓여서 성과를 얻을 수 있다는 건가?'

기간만 생각했지 이건 미처 생각을 못 했었다.

"왠지 후자일 것 같은데."

대기만성과 끈기 같은 재능을 섞었으니 그쪽에 가깝지 않을까?

그렇다면 좋은 뜻이었다.

무언가 노력해서 얻는 거라면, 당연히 언젠간 얻고 싶은 걸 얻는다는 뜻과도 같지 않은가.

일종의 1년 농사 같은 느낌으로.

"아저씨! 이장 할아버지 오셨어요! 소고기! 그것도 한우예요!"

그때 밖에서 수아의 부름이 들려 왔다.

뜻밖의 효과에 디저트 만드는 게 지체되는 사이, 이장님이 오셨나 보다.

근데 한우라고? 아니, 그렇게까지 하시면······.

"금방 갈게."

참을 수 없지!

얼른 만든 디저트를 차게 만들기 위해 냉장고에 넣고 나왔다.

"허허! 카페 앞에 공터에서 불 좀 피울 수 있겠나?"

"아유. 그럼요. 한우인데요."

되고말고.

1장 〈15〉

얼른 밖으로 나와서 화로대를 꺼냈다.

할아버지가 쓰시던 걸로 추정되는 거였다. 이제 여름이라 창고에 넣으려고 했는데, 이번에 딱 쓰고 넣으면 되겠다.

원통의 넓은 화로대는 멋은 좀 부족해도 실용성은 좋았다.

"허허! 이것도 오랜만에 보는구먼."

"아, 이거 써 보셨어요?"

"그럼. 자네 할아버지가 계셨을 땐, 일 끝날 때 종종 고기도 구워 먹고 했지."

"아아."

그래서 일부러 구워 먹는 고기를 사서 오셨나 보다.

장작은 당연히 많았다.

할아버지가 겨울에 왕창 해 두신 건지, 아니면 사신 건지 모르겠지만.

창고에서 장작을 꺼내고 불을 붙이고 이장님이 가져오신 숯도 거기에 넣었다.

"다행히 아직은 날씨가 괜찮구먼. 한여름에는 밤에도 이렇게 못하는데 말이야. 허허!"

"그럼 집에서 딸한테나 좀 구워 주면 되겠네. 에어컨 빵빵 틀고."

"크흠. 집에서 구우면 기름 튄다."

"치사해."

이장님과 이선아가 투덕거리며 고기 구울 준비를 하

고, 한송이와 수호는 채소를 씻고 이것저것 곁들일 반찬을 차렸다.

그리고 나와 수아는…….

"맛있겠다요. 그쵸?"

"그러게."

"아저씨는 한우 많이 안 먹어 봤어요?"

"수아야. 혹시 나중에 커서 누가 한우를 사 준다고 하면 그 사람을 경계해야 돼. 그건…….."

"흑심이니까요?"

"잘 아네."

"그럼 저것도 흑심이에요?"

"아니지. 저건…… 진심이지."

"……아저씨도 한우 앞에선 이상해지는구나."

수아와 농담을 하며 얌전히 고기가 구워지는 걸 기다렸다.

원래 한송이와 수호 쪽을 도와주려고 했는데, 디저트 만든다고 늦게 와서 자리 없다며 쫓겨난 거였다.

물론 수아는 처음부터 일이 없었고.

치이익!

숯불이 만들어지자, 마블링이 아름답게 새겨진 한우 등심이 올라갔다.

사방으로 퍼지는 고기 굽는 내음.

왕왕!

왜앵~

랑이와 백구도 아주 난리였다.

그렇게 다들 고기 앞으로 모이자…….

"다들 우리 마을에 와 주어서 고맙고, 또 말썽 없이 지내 주는 것만으로도 고마운데, 자원봉사까지…… 앞으로도 다들 건강하게, 그리고 사이좋게 지내면서 좋은 추억 쌓길 바라네. 아직 젊은 사람들이니 어떻게 될지 또 모르니까. 특히 우리 수아, 수호는 어리니 곧 도시에 나가겠지만 나가서도 다들 잘 되었으면 좋겠어."

이장님이 진짜 감격에 겨운 목소리로 한 명, 한 명 눈을 마주치며 얘기했다. 길다면 긴 얘기였지만 진심인 걸 알아서 다들 조용히 듣고 있는데…….

"주책. 이거나 먹어."

딸인 이선아는 얄짤 없었다.

잘 구운 고기 한 덩어리를 그대로 집어서 이장님 입에 넣어 버린다.

음, 뜨거울 것 같은데.

"음?! 으음……."

다행히 처음 입에 들어올 때만 놀라고 뒤이어 편하게 고기를 씹으셨다.

그럼 이제.

"우리도 먹자."

"네!"

제일 어른도 드셨으니 우리 차례였다.

* * *

다음 날.
"어우. 어제 너무 많이 먹었네."
다행히 어제 마지막으로 먹은 요거트에 소화 계열 질병 예방 효과가 있어서 좀 낫긴 한데, 거울을 보니 퉁퉁 부었다.
이장님이 고기를 정말 넉넉하게 사 오셔서 너무 잘 먹은 탓이다.
아직도 그 기름지고 고소한 맛이 입에 남아 있는 듯.
"얼른 출근하자."
과식의 후유증으로 평소보다 조금 늦었다.
아침이긴 했지만, 얼른 출근해서 어제의 흔적도 치워야 했다.
다들 열심히 치워 주긴 했지만 그래도 어쩔 수 없이 밤이라 흔적이 남았다.
피식!
어제를 생각하니 웃음이 새어 나왔다.
도시에선 한 번도 경험해 보지 못한 일이었다.
생각해 보면 모인 세대도 참 특이했다.
초등학생부터 50대 후반까지.
"근데 불편하지 않고 오히려 편했어."
회사 회식 자리였으면 어림도 없었다. 그나마 젊은 팀장인 자기가 팀 회식 자리에 오래 껴도 살짝 눈치를 살피는데…….
 직장에서 이장님 나이면 부장 그 이상이다.
 그건 이제 회식이 아니라 일의 연장자리가 되는 거지.
 뭐, 그것도 또 잘 쓰면 팀의 분위기를 만들 수도 있겠다만…….
 술이 들어가면 그게 쉽나.
 "음…… 그러고 보니 술도 안 했네."
 이런 건전한 모임이라니.
 웃음이 나올 수밖에 없었다.
 그렇게 웃으며 오솔길을 오르는데…….
 "어? 사장님~"
 "응? 송이 씨?"
 "와~ 타이밍 좋았다!"
 "웬일이세요?"
 이 아침에 카페를 찾다니.
 의아한 표정으로 한송이를 봤다. 그녀 역시 나랑 비슷하게 얼굴이 빵빵하게 부었다.
 물론 그렇다고 해도 기본 원판이 다르니 느낌이 좀 다르긴 했다만.
 저쪽이 워낙 뛰어나야 말이지.
 "어제 뒷정리를 다 안 한 것 같아서요."
 "그거 얼마 안 될 텐데."
 "그래도요. 아, 그리고 오늘 친구가 온다고 해서요."
 "친구라면…… 아! 김하나 씨?"

"네! 명함 얘기도 해둬서 바로 카페로 오기로 했어요."
그래서 겸사겸사 왔구나. 일단 같이 올라가기로 했다.
"거의 다 정리했네요."
공터에는 진짜 흔적이라고 할 것도 없는 적은 흔적들만 남았다.
미처 못 봤거나, 랑이와 백구에게 준 쌈 채소가 바닥에 흩어져 있는 정도?
같이 치우기도 민망할 정도라 얼른 치우고 안으로 들어왔다.
"사장님은 아침에 보통 뭐 하세요?"
"저요? 그냥 환기하고 안에 청소한 다음 재료 준비 정도? 그렇게 하네요."
"아하! 그럼 오늘은 어떤 재료 준비를 하나요?"
질문을 하는 한송이의 표정을 보니 궁금한 게 아주 많아 보였다.
꼭 수아를 보는 것 같다. 뭐가 그리 궁금한 건지.
'음? 그러고 보니 오늘 할 일이 많은데.'
생각해 보니 어제 조금 쓸데없는 욕심을 부려서 할 일을 못 했다.
저녁엔 고기 파티를 했고.
그래서 오늘은 어제 할 일까지 해야 했다.
"잘됐네요."
"네?"
뭐가 잘됐다는 건지 몰라 고개를 갸우뚱하는 한송이에

게 한 가지 제안했다.

"궁금하세요?"

"네!"

"그럼 기왕 오신 김에 오늘 일일 알바 해 보실래요? 친구분 오실 때까지 시간이 있으시면, 어떠세요?"

* * *

"좋아요!"

한송이는 바로 승낙했다. 그에 미소를 지으며 한송이에게 앞치마를 건넸다.

힘든 일을 시킬 생각은 당연히 아니었다. 하지만 그래도 일은 일.

"오늘은 건조된 생두를 로스팅하고 블렌딩을 할 겁니다."

"와! 재밌겠다!"

"그리고……."

당연히 그게 끝이 아니었다.

좋아하는 한송이에게 오늘 할 일을 더 말해 주었다.

거기에 잡초 뽑기가 포함되었음은 당연했다.

심지어 어제는 반죽을 하나도 못 해서 그것도 해야 했다.

"그, 그걸 원래 사장님 혼자 다 하신 거예요?"

"뭐, 그런 셈이죠?"

"흐아…… 올 때마다 너무 여유로워 보여서 그런 줄 전혀 몰랐어요."

하루 일의 양을 들은 한송이는 조금 충격을 받은 모양이다.

근데 저렇게 반응할 정도인가?

아직 몇 개 더 남았는데.

'텃밭 관리도 있고, 또 오늘은 핸드 그라인더도 만들 생각이라고 하면 도망가겠는데?'

어차피 이건 한송이 씨에게 시킬 생각은 없었으니, 말하지 않을 테지만.

텃밭은 농사 재능을 써야 하고, 그라인더 또한 목공 재능은 물론 목색의 재능들이 필요한 작업이니까.

아 참. 슬슬 꿀도 떨어져 가니 봉봉이네에 꿀도 조금 따러 가야 했다.

"적응하면 생각보다 금방 할 수 있습니다."

"……적응이 되시나요?"

"보시기엔 잘되는 거 같지 않으세요?"

"으음. 그런 것 같긴 하네요."

"자! 그러니 일단 청소부터 합시다."

"네에……."

뭔가 잘못 걸렸다는 표정이 역력한 한송이었지만, 이미 시작한 것.

양손의 소매를 걷어붙이며 의욕을 불태우는 모습에 조용히 빗자루를 들려줬다.

"시작합시다."

스르릉~

노래를 틀었다.

그리고 자연스럽게 그 속에 조율의 재능을 담았다.

이젠 정말 물 흐르듯 이뤄지는 일이었다.

아우라들이 노래에 맞춰서 춤을 췄다.

"와아~! 뭔가 진짜 카페 알바 하는 것 같아요! 저 처음인데!"

그러자 살짝 무거워 보이던 한송이의 몸도 노래에 따라 가벼워졌다.

근데 진짜 무슨 사람이 저렇게 처음 하는 게 많아?

한송이는 처음 빗자루를 쥔 아이처럼 신나게 쓸어 댔다.

당연한 말이지만 매일 쓸고 닦는 곳이라 크게 청소할 부분은 없었다.

테이블 쪽도 깨끗했고.

"친구분은 언제쯤 오실 예정입니까?"

"으음. 정확하게 시간은 말을 안 해 줬어요. 하던 일 마무리하면 온다고 했으니까 점심쯤? 오지 않을까요? 일단 마감 시간 전에는 오라고 했어요."

그럼 됐다. 마감 전에만 오면 되지.

응? 아니지. 그럼 그 늦은 시간에 잠깐 카페에 있다가 집에 돌아간다는 건가?

그건 좀 너무 빡센 일정 같은데.

"아! 그리고 오늘은 여기서 자고 간대요. 제가 여기 생활을 말해 주니까 자기도 너무 부럽다고, 꼭 자고 갈 거라고 우기는 거 있죠?"

"그렇군요."

그러면 늦게 와도 상관은 없겠네.

편하게 한송이에게 일을 시키기도 좋고.

"근데 정말 하나도 그렇고, 저도 그렇고 이 카페에 온 뒤로 인생이 바뀐 것 같아요."

"예?"

그때 청소를 하던 한송이가 햇살이 비치는 창문을 멍하니 바라보더니, 갑자기 뜬금없는 말을 했다.

저게 바로 웹툰 작가의 감수성인가? 갑자기 왜 저런 감성이……

"뭐라고 해야 되지? 음. 그전에는 막 정신없고 어지럽고 복잡한 산속에서 살고 있었다고 해야 하나? 쉴 곳 하나 없이 늘 불안하고, 작고 큰 자극에 덜덜 떨었는데…… 제가 어디에 있는 건지 아무도 없는 바다 위에 혼자 둥둥 떠 있는 것 같았다고 해야 하나? 아무튼 그랬거든요. 항상 불안하고 쫓기고, 또 날카롭고 무섭고, 뭔가를 해야 되고……."

"도시에서 사람들끼리 부대끼며 살다 보면 그럴 수 있겠네요. 저도 회사 다닐 때 느껴 본 적 있습니다."

"그쵸? 뭐, 그렇다고 도시에 사는 사람들이 다 그런 건 아닐 텐데 저한테는 그랬던 것 같아요."

꼭 시골 생활이 한송이처럼 맞는 사람만 사는 건 아니었다. 분명 도시의 생활이 더 잘 맞는 사람도 있을 터.

다만 그런 사람들에겐 그 사람들 나름의 편하게 숨 쉴 수 있는 공간이 있었을 거다.

아무튼 그런 한송이의 말에는 동의하는 바가 있긴 했다.

나도 비슷한 감정을 느껴 본 적이 있으니까.

갑작스런 한송이의 감성이었지만, 여기에 대해선 공감해 줄 수 있었다.

물론.

"자. 그럼 이제 밖에도 좀 쓸어 볼까요? 아 참, 지붕도 쓸어야 합니다. 뭐, 요즘은 랑이가 잘 안 올라가서 괜찮긴 한데 지붕에 난 창문이 지저분하면 보기 별로 안 좋거든요."

"앗!"

그런 감성을 또 다른 손님에게 순환하기 위해서는 준비가 필요한 법.

당연히 말은 저렇게 했지만, 지붕은 내가 청소하고 한송이에겐 카페 앞 데크를 쓸어 달라고 했다.

그렇게 아침 청소가 끝나고.

이제 본격적인 카페 영업 준비였다.

"전에 스콘을 같이 만들어 보셨으니…… 자, 여기 재료가 있으니까 한번 혼자 만들어 보실래요?"

"어? 제가요? 그래도 될까요?"

"그럼요. 재료는 이렇게 있으니까 순서만 기억하시면 됩니다."

빵 반죽은 제법 긴 숙성이 필요했다. 그러니 오늘은 과감하게 패스.

한송이에겐 스콘 반죽을 부탁하고 나는 잠시 토리의 굴을 다녀왔다.

쑥쑥이의 생두를 가져오기 위해서였다.

똑똑!

이번엔 전처럼 확 문을 열지 않고, 가볍게 노크부터 했다.

삐~?

그러자 졸린 눈의 토리가 머리로 문을 열고 나왔다.

"토 사원? 토 사원도 인제 그만 자고 나와서 텃밭 출근하셔야지?"

삐이~

아직 졸린 지 나 몰라라 하는 녀석을 앞치마 주머니에 넣고, 건조실에 넣은 생두를 꺼냈다.

과육이 생두 속으로 완전히 흡수됐는지, 말라서 껍질이 바삭해졌다.

"맛있겠는데?"

삐삐!

"그래. 가자."

막상 나오니 얼른 가자고 보채는 토 사원을 데리고 카페로 돌아왔다.

물론 중간에 봉봉이의 벌집에서 꿀도 조금 챙겼다.

붕붕거리며 꽤 많은 일벌이 날아다녔지만, 꿀을 채취하면서 쏘이는 일은 단 한 번도 없었다.

'여왕벌의 카리스마 재능 덕분인가?'

아마도 그런 듯했다.

그렇게 무사히 카페로 돌아오니, 열심히 반죽을 쪼개고 있는 한송이가 있었다.

"아! 사장님. 다 한 것 같아요!"

"그래요? 잘했네요."

"그쵸?"

"네. 그럼 스콘에 들어갈 잼도 조려 볼까요?"

"어? 잼도요?"

"마침 뚝 떨어졌네요."

"아아…… 재밌겠네요!"

정말 재미있어 보여서 시키는 거였다. 사실 일일 알바라기보단 일일 체험에 가깝다고 해야 하나?

그렇게 한송이에게 다시 일을 주고, 그사이 나는 텃밭을 한 번 둘러봤다.

농사 재능을 이용해서 혹시 부족한 부분이나 과한 부분이 있나 보고.

또 토 사원이 일을 시작했는지도 한 번 보고.

와아암~

"랑이도 왔어?"

그리고 나서 카페에 들어오니 통통 부운 랑이가 하품을

늘어지게 하며 들어오는 모습이 보였다.
 아픈 건 아니고, 그냥 어제 많이 먹어서다.
 만사 귀찮은지 녀석은 들어오다 말곤 바닥에 드러누워서 꼬리만 살랑살랑 움직였다.
 "물개야 뭐야."
 웃긴 녀석.
 녀석은 두고 생두에서 껍질을 분리했다.
 "그게 혹시 원두예요?"
 "예. 이걸 볶으면 원두가 됩니다."
 "아하!"
 사람이 하나 더 있으니 확실히 덜 심심한 것 같기도 했다.
 이렇게 물어봐 주는 사람도 있고.
 물론 혼자 해도 괜찮기는 했지만 이건 또 다른 힐링이다.
 신기했다.
 아까 한송이가 호랑이 쉼터에 온 뒤로 삶이 바뀌었다고 했는데 그 말은 사실 나한테 제일 맞는 말일 듯했다.
 딸랑~ 딸랑~
 "안녕하세요~ 어머, 사장님 바쁘신가요?"
 "응? 아! 김하나 씨?"
 그런데 그때, 문이 열리며 한 사람이 들어왔다.
 언제 올지 모른다던 한송이의 친구, 김하나였다.
 김하나의 얼굴은 기억했다.

단발머리에 약간 졸린 듯한 처진 눈매가 매력적인 인상으로 기억했다.

그런데…….

"음."

그때 다크서클까지 저렇게 처져 있었던가?

상태가 안 좋았던 처음 봤을 때도 저 정도는 아니었던 것 같은데.

"그동안 많이 고되셨나 보네요?"

"티 나요?"

"많이요."

티 나는 정도가 아니라 괜찮냐고 묻고 싶은데…… 몸은 그런데도 신기할 정도로 아우라는 밝고 맑았다.

"흐흐흐! 괜찮아요. 이게 다 성공을 위한 밑거름이니까."

사람은 좀, 이상하지만 착한가?

아무튼 오랜만에 찾은 첫 손님의 모습에 마음이 참 뒤숭숭하면서 기뻤다.

"어? 하나야~! 벌써 왔어?"

"어어. 근데…… 송송, 넌 거기서 뭐 해?"

주방에 있던 한송이가 소리를 들었는지 밖으로 나와서 친구와 아는 척을 했다.

저러니까 진짜 여기 일하는 사람 같네.

"일일 알바 하기로 했어! 어때?"

"……알바가 체질이야? 어째 때깔이 점점 더 좋아진 것 같은데?"

"그래? 여기 온 뒤로 푹 자서 그런가?"

"아하! 잠을 푹 자? 그거 다행이네?"

"으응?…… 다행인데 왜 그렇게 봐?"

김하나와 같이 온 한송이가 갑자기 친구의 심상치 않은 기운을 느끼고 슬쩍 떨어졌다.

하지만 그런 그녀에게 김하나는 오히려 찰싹 붙었다.

"보내 주신 원고의 양이 조금 부족하시던데. 푹 주무셨어요? 작가님?"

"……아하핫. 그, 금방 보낼 거야. 스토리는 다 짰어."

"응? 스토리를 다 짰어?"

"응응."

김하나가 놀란 표정을 지었다.

다크서클 때문에 그 모습이 꼭 뭉크의 절규에서 볼 법한 얼굴 같아졌지만. 저건 절규가 아니라 놀람이 맞았다.

"뭐야? 잠 푹 잤다며? 근데 벌써? 거짓말하는 거 아니지? 너 또 설마 그때처럼……."

"아냐 진짜. 거짓말하는 얼굴 같아?"

"으음…… 그러기엔 애가 좀 뽀둥뽀둥한데. 살도 좀 찐 것 같다?"

혹시나 자신의 친구가 또 무리하다가 안 좋은 상태가 됐을까 봐 걱정하는 김하나에게, 한송이는 걱정 말라며 먹고 잘 자서 광이 나는 본인의 얼굴을 들이댔다.

김하나가 그 모습을 이리저리 보며 안도의 한숨을 쉰다.

좋은 친구 사이네.

"여기 있으니까 진짜 좋아. 영감도 불쑥불쑥 잘 떠오르고."

"그래?…… 그럼 얼른 내놔 원고!"

"우우우, 주, 줄게!"

친구의 상태를 확인한 뒤에야 김하나는 한송이의 볼을 쭉쭉 잡아당기며 장난을 쳤다.

근데 한송이 씨, 진짜 살이 찐 건가? 찹쌀떡처럼 하얀 볼이 참 잘도 늘어났다.

"아 참. 손님? 친구분에게 들었는지 모르겠지만 사실 부탁드릴 게 있습니다."

"네? 아아…… 들었어요. 명함에 넣을 로고를 만들고 싶으시다고요?"

적당한 시점에 끼어들어서 한송이를 구해 줬다.

아직 준비도 더 해야 하는데 예상보다 일찍 오기도 했다.

"예. 음, 근데 많이 일찍 오셔서……."

"그럼 저 잠시 저기서 쉬고 있어도 되나요?"

"그럼요."

"그럼 실례 좀 하겠습니다! 송송, 넌 얼른 일해! 일일 알바라며?"

다행히 청소는 다 해 놔서 앉아서 쉬고 있는 건 문제없었다.

혹시 입이 심심할 수 있으니 씻어 둔 과일만 조금 내줬다. 그리고 다시 생두를 다듬었다.

바삭! 바사삭!

잘 마른 껍질이 벗겨지는 소리가 카페의 음악 소리에 섞여 기분 좋게 울렸다.

그래선지 쉰다고 하던 김하나는 그대로 자리에 엎드려서 잤다. 그걸 보며 슬쩍 노랫소리를 줄여 줬다.

"흥~ 흥흥~"

그러자 주방에서 잼을 졸이며 콧노래를 부르는 한송이의 목소리가 들렸다.

평화로운 시간이었다.

'다 됐다.'

속에 있는 껍질까지 잘 말라서 생두 손질도 금방 끝났다.

바로 로스팅하기로 했다.

그러자 이번엔 커피 원두 볶는 냄새가 카페 안을 채웠다.

또 다른 평온이 찾아왔다.

그리고 그 시간이 끝나 갈 무렵.

"어!"

갑자기 조용한 카페를 울리는 김하나의 비명 같은 소리에 평화가 깨졌다.

갑작스러운 소리에 서둘러 밖을 확인해 봤다.

방금까지만 해도 하도 조용히 자고 있어서 슬슬 깨워야 하지 않나? 생각까지 했는데 비명이라니······.

무슨 일인가 싶었다.
뭔가 악몽 같은 거라도 꿨나?
"배고프다."
"……아."
아니구나.
그냥 배가 고파서 일어났구나.
큰일은 아니라 다행이긴 한데, 뭔가 조금 허무해진달까?
하긴 그럴 시간이긴 하지. 근데 여긴 카페지 식당이 아니라서 본격적인 식사까진 좀 애매한데?
"사장님은 보통 여기서 어떻게 밥 먹어요?"
"저요?"
그때 김하나의 중얼거림을 들은 한송이가 물었다.
흠, 나야…… 그냥 간단하게 빵을 먹을 때도 있고 집에서 가져온 반찬이랑 밥?
"그 정도 먹습니다. 저녁은 어차피 집에서 먹으니까요."
"와! 그렇게 먹으면 배 안 고프나요?"
"간식도 종종 먹어서 그렇게 배가 고프다는 생각은 못 했네요."
텃밭에 있는 것들로 먹으면 일단 영양은 부족하지 않았다.
포만감도 충분했고.
근데 막상 대답하고 보니 조금 부실하게 먹는 것 같긴 했다.

예전에 비하면 말이다.

'그때는 뭔가, 일하러 다니면서 몰아 먹는다고 해야 하나? 그런 느낌이 있었지.'

식사 시간이 불규칙하기도 했고 업무 시간도 야근이 많아서 그런지, 야식에 폭식에…… 하여튼 엄청나게 많이 먹었더랬다.

몸은 오히려 지금 더 많이 쓰는데 이젠 그렇게까지 먹진 않는다. 혹시 이것도 만생공과 아우라의 영향이 있으려나?

"아무튼 슬슬 식사하면 좋을 거 같은데, 혹시 어디 근처 맛집이라도 알려 줄 수 있으신가요?"

"맛집이라……."

그녀의 물음에 나도 모르게 고민을 했다.

그리고 보면 이곳에 와서 외식한 것이 손에 꼽을 정도밖에 안 되는 거 같다.

내가 아는 맛집이 있던가?

아, 하나 있긴 하구나. 전에 논에서 일하고 먹은 새참.

그건 분명히 읍내에 있는 논밭 주인 할아버지 딸이 하는 식당에서 가져온 거였지.

"일단, 전에 작가님도 같이 먹었던 그 비빔국수가 생각나는 거 같은데요?"

"맞다! 그거 진짜 맛있었는데. 하나야 우리 비빔국수 먹을까? 날도 더운데."

한송이의 말을 들은 김하나가 벌떡 일어났다. 당연히

먹겠다는 의미였다.

그럼, 두 사람이 밥을 먹으러 갔다가 오는 사이에 나는 간단하게 먹고 남은 일을 할까 했는데…….

"사장님도 같이 가실래요? 아! 아니면 저희 포장해 올 테니 혹시 저기 밖에서 같이 드실래요?"

"예? 아니, 굳이 저는 안 챙겨 주셔도."

"에이~ 그래도 같이 먹어요. 네?"

"음, 알겠습니다. 그럼 말씀처럼 여기서 먹을까요? 전 마저 할 일이 좀 있어서…….'"

"네! 좋아요!"

"그러면, 부탁드리겠습니다. 아! 제가 그릇을 드릴 테니 거기에 포장하는 걸로 하죠."

아무래도 시골이라 포장이 안 될 가능성도 있을뿐더러, 최근 동물 농장의 일과 자원 봉사를 하지 않았나.

그러다 보니 묘하게 신경이 쓰인 거다. 일회용기라든지 그런 게.

생전 한 번도 그런 적이 없는데 말이다.

'묘하게 유난 떠는 거 같기도 한데.'

조금 민망한 느낌을 감추면서 건넨 말.

하지만.

"와! 좋아요! 근데 이건 만드신 거예요?"

한송이는 오히려 그런 생각을 미처 못 했다는 듯 반기고 있었다.

아니, 시선이 간 걸 보면 내가 건넨 그릇에 흥미가 있는 건가?

그것은 샐러드 볼 크기의 나무 그릇이었다. 무려 뚜껑까지 제대로 달려 있는.

"제가 만든 건 아니고 할아버지께서 만드신 걸 겁니다."

카페에 있는 나무로 만든 대부분은 모두 할아버지가 만든 거였다.

"아하! 할아버지께서…… 그래서 사장님도 손재주가 좋으신 거였군요! 아무튼 그럼 저흰 국수 포장해 올게요!"

"예."

그렇게 시끌시끌, 마치 여고생처럼 수다를 떨며 나가는 두 사람을 보니 웃음이 나왔다.

친구가 오니 좋긴 좋은 모양이다.

두 사람 다 처음에 여기서 봤을 땐 저런 상태가 아니었기에, 왠지 더 뿌듯한 거 같기도 하다.

"그럼 두 사람 올 때까지……."

볶은 원두들을 분류해 둔 바구니들을 펼쳤다.

같은 원두지만 볶은 정도는 조금 달랐다. 당연하게도 맛도 다 달랐기에, 이걸 이제 블렌딩 할 생각이었다.

"우선 하나씩 내려 볼까?"

제대로 된 맛을 조합하기 위해 볶음 정도에 따라 구분해서 하나씩 내려 봤다.

강배전, 중배전, 약배전.

일단 크게는 세 분류로만 로스팅 했다.

나누려면 더 나눌 수 있지만, 아직 경험이 부족하기도 하니 우선 이렇게 해 보고 부족하면 해 볼 생각이다.

"우선은 역시……."

약배전으로 로스팅한 원두부터 먹어 보기로 했다.

커피 맛이라는 건 사실, 다른 음식이나 음료도 그렇지만 결국 기호 식품이다. 그래서 정답은 없다.

내가 먹을 거면 그냥 내 취향에 맞추면 된다.

하지만 여긴 카페니까 일단 어떤 맛이 나는지, 또 어떤 맛을 낼 수 있는지 테스트를 다 해 보는 거다.

손님에 맞춰서 내어 줄 수 있게 말이다.

'분쇄도는 곱게.'

안에 내용을 다 비운 그라인더에 분쇄도를 설정하고 로스팅한 원두를 갈았다.

그러자 원두 속에 있던 향이 더욱 진하게 퍼졌다.

당연히 내리는 건 핸드드립으로 내렸다.

물의 양은 계속 동일하게, 그리고 드립 방법은 정드립으로.

물줄기 조절을 섬세하게 하며 끊기지 일정하게 조절도 하는 방식이었다.

하는 방법에 정답이 있는 것은 아니다.

푸어 오버라고 쉽고 간편하게 내는 드립도 있지만, 나에겐 목생의 재능들이 있으니까 이쪽이 오히려 편해서 했을 뿐이었다.

스르륵~

가운데부터 골고루 물을 조심스럽게 원을 그리며 부었다.

약배전의 원두에 물이 닿자, 사방으로 꽃향기 같은 커피 향이 퍼지기 시작했다.

신선한 원두여서 뜨거운 물에 반응해 품고 있던 가스를 배출하는 거였다.

그런데 그 향이…….

무척 진하고 향긋하다.

'토리의 굴에서 건조가 돼서 그런가?'

아니면 원두 자체가 그런 걸지도.

지난번과 달리 여유롭게 테스트하니 그 향을 더 잘 느끼는 걸 수도 있겠다.

아무튼 중요한 건 이제 시작했을 뿐인 테스트가 벌써 마음에 든다는 거였다.

"그래도 맛은 봐야지."

추출된 커피를 맛보기로 했다.

꽃향기에 가까운 좋은 향이 혀에 닿기도 전에 코로 들어왔다.

그리고 입으로도 들어온 커피는…….

'커피가 아니라 꽃차 같네.'

우려했던 신맛은 크게 느껴지지 않았다.

보통 약배전의 원두를 잘못 드립하면 레몬의 그것처럼 속이 쓰릴 만큼 좋지 않은 신맛이 날 수 있는데, 이건 전혀 아니었다.

오히려 넘치는 꽃향기에 어울리는 은은한 단맛이 있었다.

"과육이 원두에 완전히 스며들어서 그런 거 같기도 하고……."

원인은 알 수 없지만 좋은 냄새와 맛을 즐기다 보니 일단 기분이 좋아진다.

바디감은 가벼워서 그냥 이대로 어도 좋고 아이스로도 좋을 듯하다.

여름에 딱 좋은 커피인 거 같은데?

'원두는 곱게 가는 게 더 좋을 거 같네.'

원두의 분쇄도를 바꿔 봤는데 이건 곱게 가는 게 더 좋아 보인다.

좋아, 이건 충분히 즐겼으니 다음은 중배전.

이것 역시 같은 방법으로 시도했다.

그러자 조금 다른 향이 피어났다.

"과일? 견과류?"

고소한 듯하면서 조금 과일 향도 섞인, 딱 그 중간의 어디의 향이었다.

맛을 보니, 반건조시킨 과일 안에 견과류를 넣고 꽈악 씹었을 때 나는 맛이라고 해야 하나?

처음엔 과일 향이 풍기며 단맛이 진하게 나다가, 이내 입안이 견과류의 고소함으로 채워졌다.

"같은 원두인데 진짜 확 다르네."

보통 아무리 다르게 볶는다고 해도 이렇게 맛이 다르진

않을 텐데…… 쑥쑥이의 원두가 특별한 탓일까?

완전히 다른 원두를 쓴 것 같았다.

그 묘한 느낌에 문득 그런 생각이 들었다.

그동안 쑥쑥이가 흡수한 아우라가 다양한 만큼, 다양한 맛도 내는 게 아닌가 하고.

'음, 기분 탓인가?'

역시 그건 좀 너무 간 거겠지?

맛의 스펙트럼이 워낙 다양해서 생각한 추측에 불과했다.

"바디감은 적당하네."

이건 고소해서 우유와 잘 어울릴 것 같았다.

이것도 다른 조건들을 바꿔 가면서 어떤 맛이 더 나오는지 확인했다.

그러자 과일 향이 더 진하게 나는 경우도 있고, 견과류의 고소함이 더 진하게 나는 경우도 있었다.

"그럼 마지막으로……."

강배전 원두를 테스트하기로 했다.

이건 이미 전에 한번 해 봐서 짐작은 이미 갔다.

하지만 그땐 정신이 조금 없었던 관계로, 이번에는 조금 더 확실하게 하기로 했다.

'역시 강하네.'

향부터가 묵직하게 가라앉는 느낌이 든다.

진한 다크 초콜릿 같은 향이었다.

무거운 바디감에 깊이 우러난 꽃 향도 살짝 있었다.

끝과 끝이 연결되는 건가?

약배전에서 나는 것과는 조금 다르지만 그래서 어울리는 꽃 향이었다.

"다 좋네."

뭐 하나 뺄 수 없을 정도로 쑥쑥이의 원두는 너무 마음에 들었다.

이거 마시다가 할아버지가 사둔 원두로는 못 돌아가겠는데?

물론 쑥쑥이가 원두로 만들 수 있는 양이 한계가 있을 테니 적당히 섞든가, 아니면 한정판매를 해야겠지만.

'쑥쑥이가 더 자라면 더 많은 열매를 맺으려나.'

이미 큰 쑥쑥이긴 한데, 왠지 더 클 것 같은 느낌이라 하는 생각이었다.

그래도 열매를 뭐 계속 맺는 건 아닐 테니 역시 한정적이겠지만.

아무튼, 그렇게 크게 세 종류로 나눠서 테스트한 뒤 이제 블렌딩을 해 볼까 싶었는데…….

"응? 왜 거기서 그러고 계세요?"

문득 느껴진 시선에 문 쪽을 보니 한송이와 김하나가 있었다.

근데 왔으면 말하지 왜 저러고 있대?

"왠지 방해하면 안 될 것 같은 느낌이어서요."

"으음, 커피를 내리는 남자라는 건 참 그림이 되네요."

한송이와 김하나의 말에 고개를 갸우뚱했다.

안 될 건 뭐람. 그리고 그림이 뭐?

김하나의 말에 의아한 표정을 지어 보였다. 과연 한송이의 친구다운 모습이라고 해야 하나?

둘이 엉뚱한 부분이 조금 닮았네.

"사장님! 잠깐만, 사진 한 장만 찍을게요?"

"예? 사진이요? 왜요?"

"로고, 방금 막 로고에 어떤 느낌을 담으면 좋을지 생각이 났거든요."

"아아. 예, 그럼 그러세요."

그렇다면야 어렵지 않지. 그냥 아까 하려던 걸 다시 했다.

"자연스럽게~ 옳지! 좋아요! 화보네, 화보. 배경도 그림이고…… 혹시 모델 해 보실 생각은 없어요?"

"어휴, 모델은 무슨……."

역시 처음 만났을 때도 느낀 건데 호들갑이 심한 사람인 거 같다.

원래 봤던 모습을 생각하면 그때의 기억이 꿈이었나 생각될 정도로 큰 변화다.

"이제 됐나요?"

"네! 됐어요!"

폰을 내린 김하나가 팬을 꺼내더니 이리저리 적기 시작한다.

아무래도 아까 말한 로고의 아이디어를 적는 듯한 느낌.

이에 궁금해서 물어봤다.
"그런데 그 느낌이라는 게 어떤 느낌이에요?"
"어, 그거요? 음…… 이게 말로 하기 좀 어려운데……."
아미를 찡그리며 어떻게 설명할지 고민하는 그녀. 그 순간.
꼬르르륵~
다른 답이 돌아왔다.
"음, 그러니까 일단 밥부터 먹고 이야기할까요?"
"……네 그러죠."
마침 나도 테스트한다고 커피도 많이 마셔서 뭔가 배를 좀 채울 게 필요한 참이었다.

* * *

나무 그늘 아래 쉼터에 펼쳐 놓고 비빔 국수를 먹었다.
역시 그때의 감동은 착각이 아니었다. 일하고 먹는 비빔 국수는 맛있었다.
"여기 진짜 맛집이네!"
"그치? 괜히 경찰분들도 거기서 줄 서는 게 아니라니까?"
처음 먹는 김하나는 눈이 휘둥그레졌고, 한송이는 괜히 본인이 뿌듯해했다.
근데 경찰도 줄 선다고?
"오늘 가서 보니까 사람이 장난 아니던데요? 진짜 줄

서는 맛집이더라고요."

"그래요? 그런데 거기 경찰도 서 있었고요?"

"네. 보니까 포장해서 가시더라고요. 소방관, 공무원 다 있던데요?"

경찰뿐만 아니라 지역 공무원들이 모두 모이는 곳인가 보다.

'그럼 확실하지.'

원래 지역 공무원들이 점심에 먹으러 간다는 것은 확실한 맛집 보증 수표니까.

오늘처럼 더운 날이면 달아난 입맛도 싹 돌려주니 계절도 딱 맞네.

그렇게 순식간에 그릇을 비웠다.

그리고,

"아까 로고에 쓸 느낌이 난 건 뭔가요?"

"커피 수혈을 내려 주시면 말할게요."

성급하게 물어보다가 그걸 깜빡했네. 바로 커피를 내려 오기로 했다.

둘 다 가볍고 향긋한 걸 원해서, 즉석으로 적당히 블렌딩 했다.

그리고 커피를 내려오자…….

"이거예요."

김하나가 바로 탭에 그려진 그림을 보여 줬다. 이건 커피 내리는 사이 그린 것 같은데…….

"이건, 뭡니까?"

"아까 사장님 모습하고 카페 배경하고 너무 어울리더라고요. 그래서 일단 나무 오두막 안에 사장님이 만든 커피라는 의미로 그려 봤어요. 로고니까 일단 여기서 더 간단하게 상징적으로 만들어야겠지만."

김하나가 로고의 의미를 설명했지만 내가 묻는 건 그게 아니었다.

내가 물은 이유는…….

'어, 이거 아우라지?'

커피가 담겨 있는 듯한 잔 위에 일렁거리는 빛이 그려져 있었다.

물론 진짜 아우라가 아니라 아우라 그림이었지만…….

나만 볼 수 있는 것을 어떻게 안 거지?

"아, 이거요? 그냥, 뭐랄까 사장님이 거기 주방에 딱 있는 모습을 보면 음료에 꼭 이런 마법을 부리는 같은 모습 같아서요. 어때? 괜찮지 않아?"

"나도 이렇게 생각했는데! 역시 하나는 천재구나?"

김하나와 한송이의 말에 로고에서 시선을 떼고 고개를 들었다.

그러자 보이는 김하나의 머리 위 재능의 꽃은 활짝 피어 아우라를 뿜고 있었다.

내가 피워 준 재능의 꽃은 아니지만 영향이 없다고는 할 수 없을 거다.

처음 왔을 때 김하나의 상태는 안 좋았으니까.

그리고 두 번째 한송이를 데리고 왔을 때 들은 말로는

그때 카페에서 일상으로 돌아간 뒤 일이 잘 풀렸다고 했다.

그래서 재능의 꽃도 저렇게 활짝 핀 거겠지.

그런데 그렇게 핀 재능의 꽃이 이렇게 되돌아올 줄이야.

조금…… 아니, 많이 놀랐다.

심지어 만들어 준 로고도 놀라웠고.

'물론, 이건 수아도 전에 얘기했었어.'

내가 음료를 만드는 모습이 꼭 마법을 부리는 것 같다고.

수아는 말로 했고, 김하나는 그걸 로고로 표현한 것이다.

어떻게 보면 내가 쓰는 아우라들이 마법 같은 일이기에 딱 맞기도 했다.

"좋네요."

"그렇죠? 음, 조금 더 간소화는 해야 하겠지만 한번 이대로 해 볼까요?"

"예. 부탁드리겠습니다."

정말 마음에 쏙 들었다.

한송이의 추천을 듣고 부탁하길 정말 잘했다.

왠지 모를 흐뭇함도 있었다.

첫 손님으로 왔던 김하나가 돌아와서 호랑이 쉼터의 상징이 될 로고를 만들어 주다니…….

텃밭의 작물들을 키우고 수확하는 것과는 또 다른 느낌

의 기쁨이었다.

그런데 그게 단순히 기쁨으로 끝날 생각은 없는 모양이다.

김하나의 재능의 꽃에서 나온 아우라가 주변을 빙글빙글 돌았다. 그러다가 로고 속에 스며들었다.

아우라가 들어가 로고는 그대로 빛을 발하더니…….

스르릉~

그 위로 로고가 새겨진 아우라가 떠올랐다.

마치 아우라라는 잉크로 로고를 복사한 느낌이었다.

그리고 그렇게 떠오른 아우라의 로고를 향해 주변의 아우라들이 몰려들었다.

공터에서 놀던 아우라도.

카페에서 뒹굴던 아우라도.

브라우니의 기운찬 아우라와 텃밭의 쑥쑥이에게서 나온 아우라 또한 로고로 스며들었다.

더해 가며 더욱 밝아지는 아우라의 로고.

눈이 부실 것 같지만 오히려 밝아질수록 편안해지는 느낌도 있었다.

마치 포근하게 감싸는 듯.

주변마저 아우라의 빛으로 가득 채워 버린 로고는 내 몸속의 아우라와도 공명했다. 그리고 소통했다.

나는 알 수 없는 통함으로 둘은 연결이 됐고, 그대로 내게 날아오더니.

'아!'

내 머리로 스며들었다.

머릿속을 관통한 아우라가 마치 온몸을 꿰뚫을 듯 돌아다녔다.

머리에서 가슴, 그리고 아랫배.

마지막으로 손과 발까지 곳곳을 스며들 듯 돌아다니던 아우라는 이내 그대로 머리 쪽으로 돌아왔다.

그와 동시에 뭔가 머리와 몸속에 있던 벽이 하나 허물어진 듯 시원한 느낌이 든다.

도대체 무슨 일이 일어난 거지?

'이건 김하나 씨의 능력이 아닌 것 같은데?'

그건 확실했다.

지금 일어난 일은 김하나의 능력이 아니었다.

이를테면 김하나는 그저 작은 불씨를 던졌을 뿐이었다. 그리고 거기에 나와 호랑이 쉼터의 아우라들이 반응한 거고.

아, 그러면 김하나 씨도 아예 영향이 없는 건 아니구나.

요는 이 폭발의 주체가 나였다는 거였다.

그렇다면 어째서 폭발을 한 걸까?

폭발이라는 건 결국 과포화가 됐다는 얘기다. 응축되던 것이 그 응축시키는 힘을 이겨 내며 단숨에 퍼져 나가는 것이니까.

'내가 흡수한 아우라가 한계를 넘어섰다?'

한계를 왔다 갔다 하던 차에 김하나의 로고가 기폭제가 된 건가? 그거라면 이해가 됐다.

그리고 사실 방금 느낌을 폭발이라 얘기했지만, 그보다 더 가까운 표현은…….

'알을 깨고 나왔다?'

그 느낌에 더 맞을 거 같았다. 막혔던 게 뻥하고 뚫린 기분이니까.

대체 뭐가 막혔던 건지는 잘 모르겠지만.

"사장님?"

한바탕 내 몸속과 머릿속에서 난리가 난 뒤 조용해진 시야에 한송이와 김하나가 보였다.

얼마나 가만히 있은 거지?

"한참을 멍하니 있으시던데, 제가 만든 로고는 마음에 드시나요?"

"아, 실례했습니다. 네. 진짜 마음에 드네요. 그나저나 제가 얼마나 멍하게 있었죠?"

"우와! 시간도 잊을 정도였어요? 그렇게 아부하셔도 뭐가 나오는 건 없는데?"

김하나가 오해를 하며 말했다.

그런 뜻 아닌데, 진짜 멍했던 건데.

아무튼 뿌듯해하며 미소 짓는 게 좋아 보여 다른 말을 할 필요는 없어 보였다.

게다가 반응을 보아하니 그렇게 길진 않은 것 같기도 하고.

아우라가 관통하면서 묘하게 붕 뜬 느낌이라 시간을 가늠할 수 없었는데 다행이다.

근데 뭐가 달라진 거지?

내부적으로 무언가 변한 것 같은데 당장 나타나는 뚜렷한 변화는 모르겠다.

그냥 몸이 좀 개운한 느낌?

하지만 그게 다는 아닐 것 같은데…… 일단, 감사부터 전하자.

"나오는 건 제 쪽에서 나와야죠. 뭐 하나 서비스로 드릴게요. 드시고 싶은 거 있으시나요?"

"아! 그럼 이거 한 잔 더 주실래요? 진짜 거짓말 안 하고 제가 먹어 본 커피 중에 제일 맛있어요. 이거 혹시 무슨 원두예요? 원두만 살 수 있나요?"

"하하, 그건 저도 소량으로만 구할 수 있는 거라서 당장은 판매할 정도의 양이 없네요."

언제 다 비웠지?

깔끔하게 비워진 컵을 보니 괜히 뿌듯해진다. 하지만 아쉽게도 원두를 줄 순 없었다.

이유는 말한 그대로였다. 쑥쑥이에게서 나온 양이 아직은 그리 많지도 않았으니까. 게다가 블렌딩을 해 본다고 이런저런 실험을 하느라 소비되는 양도 적진 않았다.

다행히 김하나는 더 요구하지 않고 오히려 수긍했다.

"하긴, 이런 원두는 구하기도 힘들겠네요."

"양해해 주셔서 감사합니다."

"에이~ 양해까지야. 대신 진짜 서비스로 많이 주셔야 돼요?"

"그건 걱정 마세요. 한 작가님도 더 드릴까요?"

고개를 열심히 끄덕이는 한송이의 모습에 피식 웃으며 주방으로 들어왔다.

그리고 작게 한숨을 내쉬었다.

두 사람 앞에선 아무렇지 않은 척 연기를 하긴 했지만 진짜 아무렇지 않은 건 아니었다.

후우—.

'쿠폰 만들려다가 이런 일이 벌어질 줄은 상상도 못 했는데?'

진정은 금방 됐다.

잠시 숨과 함께 방금 있었던 일을 눈 감고 그렸다.

아우라가 내 몸속으로 들어왔고, 그로 인해서 뭔가 벽 같은 게 뚫렸다.

'그렇다면.'

변화가 있다면 역시 아우라와 관련이 있겠지.

샤라랑~

몸속의 아우라를 불렀다.

그 순간 브라우니와 함께 알록달록한 아우라들이 떠올랐다.

"응?"

그런데, 아우라가 뭔가 좀 이상했다.

브라우니야 원래 새끼 멧돼지의 모습이었지만…… 다른 녀석들은 그냥 빛 덩어리 같은 모습이었는데.

지금 보이는 아우라들은 꼭 날개가 달린 것처럼 보였다.

봉봉이와 비슷하듯 하면서도 조금 다른?

움직이는 것도 이전에는 그냥 둥둥 떠다니는 것 같았다면, 지금은 마치 날아다니는 듯했다.

움직이는 반경도 넓었다.

그리고 결정적으로, 움직이는 녀석들의 모습에서 마치 자아 같은 무언가를 느낄 수 있었다.

재잘재잘.

자기들끼리 속삭이는 듯 붙었다 떨어지면서 노는 아우라들.

'브라우니. 어떻게 된 거야?'

꾸르~

'응?'

브라우니의 뜻이 정확하지는 않지만, 언뜻 이해는 할 수 있게 들려왔다.

그건 바로 브라우니의 효과처럼 저 많은 아우라들도 효과들을 담고 있다는 것.

차이점이라면 브라우니처럼 하나의 확실한 효과를 담고 있진 않았다.

더 정확히는 정해지지 않았다고…….

'그러니까, 내가 임의로 넣을 수 있다는 거네?'

꾸르~

"하?"

나도 모르게 육성으로 묘한 탄성이 나왔다.

그 말은 즉, 꼭 효과가 있는 재료를 쓰지 않아도 된다는 말이었다.

물론, 이미 재능으로도 비슷하게 가능한 일이긴 했다.

조합을 이용해서 재능들을 합쳐 기존에 없던 다른 효과를 넣을 수 있으니까.

하지만 그 방법의 단점은 역시 이미 텃밭의 재료에 있는 효과는 어쩔 수 없다는 거였다.

토마토에 있는 효과를 재능을 이용해 조합으로 만들 수 없다는 뜻인데…….

'물론 경우의 수를 다 따져서 조합을 엑셀로 정리해 두면 그때, 그때 찾아서 쓸 수야 있겠다만.'

그건 그냥 로또와 같았다.

심지어 그렇게 해서도 똑같은 효과가 없을 수도 있다.

엑셀 정리를 개고생해 가며 해 놨지만, 작성할 때부터 이미 누락이 된 걸 찾는 격이었다.

그러니 지금 브라우니의 설명에 놀랄 수밖에.

'무에서 유를 만들어 낼 수 있는 거랑 다를 바 없네.'

그러나.

꾸르~

"응? 한계가 있다고?"

브라우니가 설명을 추가해 줬다.

그렇게 할 수 있는 건 맞는데 두 가지 한계가 있다고.

첫 번째는 효과가 애초에 재료 속 효과보다 떨어진다는 것.

그리고 두 번째는…….

샤라랑~

'쑥쑥이 원두로만 낼 수 있다고?'

이번엔 브라우니 대신 아우라들이 다가와 재잘거렸다.

브라우니처럼 쉽게 이해할 수는 없지만, 대략적인 뜻은 이해가 됐다.

머릿속으로 의미가 들어온다고 해야 하나?

아무튼 그러니까 정리하자면 내가 아는 어떤 효과든 넣을 수 있는데, 그게 실체가 있는 효과보다 약하고 또 쑥쑥이 원두로 만드는 것에 제한된다?

꾸르~!

열심히 고개를 끄덕이는 브라우니와 아우라들의 모습에 잠깐 마른세수를 했다.

그러자 얼굴에 열이 생기며 머릿속이 정리가 됐다.

"좋아, 머리는 이해했어."

그렇다면 이제 그대로 한 번 써먹어 보며 몸으로 습득해야겠지.

마침 김하나와 한송이가 쑥쑥이 원두 커피를 원했으니.

이제 실전이었다.

'우선…… 김하나 씨는 피로 회복에 집중.'

아까 낮에 카페에서 잠을 자서 조금 나아지긴 했지만, 그것도 사실 테이블에 엎드려서 잔 거였다.

피로가 제대로 풀렸을 리 없었다.

그러니 피로 회복에 중점을 둔 효과들을 떠올렸다.

당연한 말이지만 나도 내 지식 안에서 그에 대한 효과

를 떠올리기 때문에 익숙한 것들이 생각났다.

피로 회복에 제일 좋은 건 봉봉이네 벌꿀.

그 효과를 떠올리며 원두를 골랐다.

일종의 즉석 블렌딩인 셈이다.

물론 처음 쑥쑥이 원두 커피를 내려 줄 때도 이렇게 하긴 했지만.

차이점이라면 그땐 원두의 맛만 생각했다면 이번엔 효과의 맛도 떠올렸다는 점이다.

단맛이 강한 느낌.

적당한 양을 골라 그라인더에 갈았다.

입자는 중간 정도.

그리고 핸드 드립으로 천천히 내렸다.

쪼로록~ 쪼록~

일정하게 안에서부터 바깥으로 원을 그리며 원두가 잠시 부풀었다가 이내 가라앉았다.

향기는…… 놀랍게도 진짜 봉봉이네 벌꿀 특유의 목청 향 같은 느낌이 났다.

우드 향이 가미된 달달한 향이었다.

마치 내 기억 속의 그것을 뽑아내서 그대로 집어넣은 듯이.

그리고 더 놀라운 건,

샤라랑~

아우라들이 그 커피에 머물면서 조금씩 스며들고 있다는 거였다.

그건 마치 드랍되고 있는 물이 원두에 스며들어 커피로 방울방울 떨어지는 듯한 모습과 똑같았다.

[커피]
*효과
─약화된 피로 회복

그 덕분에 만들어진 커피에는 브라우니와 아우라들이 말한 대로 효과가 붙었다.
예상대로 벌꿀보다는 약해진 효과긴 했지만, 막상 보니…….
'이건 내가 해결할 수 있을 거 같은데?'
목생과 금생의 재능을 펼쳐, 조화시켰다.
거기에 역발산기개세의 효과까지 넣으면…….

[커피]
*효과
─범의 첫걸음

"어?"
뭔가 다르다?
내가 하려 했던 것은 온전한 피로 회복의 효과였는데, 그곳엔 완전히 다른 텍스트가 떠 있었다.
효과가 바뀌긴 했는데 이건 또 뭐래?

뭔가 추상적인 효과가 나와 버렸다. 물론 느낌상 기운을 북돋아 주는 효과인 것 같긴 한데.

'……일단 먹어 보자.'

내가 먼저 효과를 보고 내줘야 할 것 같았다. 어차피 맛도 봐야 하고.

후르릅!

조심스럽게 향을 맡으며 동시에 한 모금 마셨다.

"아!"

맛을 보자마자 깨달았다. 이것이 무엇인지.

말없이 다시 한 잔을 내렸다.

그리고 이번엔 한송이에게 줄 것도 같이 내렸다.

이건 한 명에게만 주기 아쉬웠으니까.

똑! 똑!

마지막 한 방울을 담은 뒤, 두 컵을 가지고 카운터로 나왔다.

"주문하신 커피 두 잔 나왔습니다."

"와! 아까랑 향이 또 다르네요?"

"예. 이번에는 조금 더 특별할 겁니다."

특별히 호랑이 기운을 듬뿍 담았으니까요.

고개를 갸우뚱하며 컵을 받은 두 사람이 조심스레 한 모금 마셨다.

그리고 동시에 두 눈을 휘둥그레 뜨며 서로 마주 보다가 이내 나를 쳐다봤다.

* * *

 중배전의 원두가 중심을 잡은 커피는 두 사람에게 엄청난 호평을 들었다.
 게다가 자꾸 단맛이 난다면서 시럽을 넣었냐며 계속 물었다.
 아니라고 해도 믿기 힘들 만큼 단맛이 확연하게 나서 그런가?
 하지만 설탕이나 다른 단맛이 나는 걸 첨가했을 때와는 뒷맛이 전혀 달랐다.
 그저 향이 첨가되었을 뿐이기에 끈적거리는 느낌이 없기 때문이다.
 김하나도 그 말을 듣고는 고개를 끄덕이며 계속 홀짝이기 시작했다.
 커피 자체에 집중하듯 말이다. 어지간히 마음에 든 모양.
 물론 그러면서도 계속 의아한 듯 고개를 갸웃거리며 신기해했지만.
 "효과는 일단 지켜봐야겠지."
 카운터에 서서 창밖을 봤다.
 두 사람은 커피를 들고 밖으로 나갔다.
 편하게 수다도 떨고 쉬라고 내가 그렇게 추천해 준 것이다.
 체력 충전, 면역력 강화 효과가 있는 나무 그늘 아래

쉼터가 커피의 효과랑 함께면 더 좋을 테니.
"딱 보니 밤새 놀 것 같으니 잘됐네."
오랜만에 만난 친한 친구와 시골집.
그냥 잠자기엔 분명 아쉬울 터였다. 김하나는 특히 더 그렇겠지.
체감상 여기서 사는 한송이보다는 도시에서 온 김하나가 더 짧은 휴식처럼 느껴질 테니.
아무튼.
두 사람은 그렇게 나갔고, 나는…….
'정리를 좀 해야겠어.'
조용히 내게 붙은 텍스트창을 봤다.
지금 하려는 정리를 위해서는 이게 꼭 필요했다.

[천유진(터의 주인)]
*적용 효과
―활력 증진(지속)
―눈 건강 향상(지속)
―여왕의 증표
*터의 가호(3성, 고유)
―개안(3), 제조, 터 생성, 재능흡수, 공명, 조화
*만생공(흡수)
〈화생〉, 〈수생〉, 〈목생(2성)〉, 〈금생(2성)〉, 〈토생(2성)〉

간단해 보일 수 있지만, 만생공의 재능을 자세히 펼치면 절대 간단하지 않은 내용이었다.

하나씩 손님들이 주고 간 재능들을 모으다 보니 어느새 이렇게 된 것이다.

만생공을 얻은 게 천만다행인 이유가 이거였다.

특히 많은 재능이 포함된 〈목생〉과 〈금생〉의 재능만 해도 손재주(2), 그림(2), 목공, 농사, 운동, 표적 탐지, 매력(2), 조율, 소통, 몰입(2), 감각, 카리스마, 감화, 연기, 신뢰, 위장.

이 정도였다.

심지어 이것도 내가 줄인 거다.

재능마다 누구의 것인지도 보여 주니…….

그러니 얼마나 다행인지.

잘못했다간 정리 안 된 바탕화면처럼 정신이 없을 뻔했다.

아무튼, 그건 그렇고.

'일단 만생공에는 변화가 없어.'

이번 텍스트창의 변화는 위에 있었다.

그것도 많이.

보통 한 가지도 변하는 데 꽤 오래 걸렸는데, 이번엔 세 가지가 바뀌었다.

제일 먼저 눈에 띄는 건 내 이름 옆에 '터의 주인'이라는 문자였다.

그리고 그다음은 터의 가호에 (3성)이 붙었다는 것.

마찬가지로 개안에도 (3성)이 붙었다.
원래는 '2성'이었던 것들이었다.
'이게 성장했구나.'
동시에 성장했는지, 아니면 하나가 성장하고 연쇄적으로 성장을 했는지는 모르겠다. 사실 그건 그리 중요한 것도 아니라 패스.
이걸로 아우라들에게 일어난 변화와 내게 일어난 변화를 바로 알 수 있다는 점도 중요한 게 아니었다.
"터의 주인……."
그동안 어째서 내게 이런 능력이 주어졌을까.
이곳에 처음 왔을 때 꿈을 꾼 뒤로 얻은 능력에 대한 의문은 풀리지 않았다.
그런데 이번에 그 의문 중 아주 일부가 풀린 느낌이었다.
터의 주인이라는 건 아마 이곳, 호랑이 쉼터의 땅을 말하는 것이겠지.
그리고 결국 그 말은 내게 온 능력들 또한 이 땅에서 나왔다는 것.
'카페가 아니라 땅이었어.'
텃밭의 작물처럼, 나 또한 이 땅의 작물과도 같았던 걸까. 아마 완전히 같진 않아도 비슷하진 않을까 싶었다.
그렇게 정리하자 머릿속이 점점 맑아졌다.
사실 내가 이걸 안다고 해서 달라질 건 없었다.
그동안 그렇게 깊이 생각하지 않은 이유도 그래서였다.

내 능력의 근원을 안다고 뭐가 달라질까?

할아버지의 말씀처럼 단순하게 생각하면, 그러면 답이 명확했다.

내가 하고 싶은 대로 하면 된다는 답 말이다.

그리고 마찬가지로…….

"뭐 그래도, 조금이나마 아는 게 나쁜 건 아니니까."

알아서 나쁠 게 있나?

없지.

결론과 함께 텍스트창에서 시선을 돌렸다. 그리고 이번엔 다른 사실을 떠올렸다.

그건 바로 이런 변화의 시발점이 된 아우라의 로고였다.

'상징…… 혹은 나를 정의하는 무언가.'

로고라는 게 본디 그런 의미로 만들어지는 것이지 않은가.

아마 그래서 김하나가 만들어 준 로고로 이런 변화가 일어난 게 아닐까?

내가 재능의 꽃이 꺾이지 않게 도와준 이가 내게 이런 변화를 다시 돌려주다니…….

짐작만 했을 때도 생각한 거지만, 이곳과 너무 잘 어울리는 일이었다.

그리고,

"더 잘해야겠는데?"

이 로고에 걸맞게 말이다.

왠지 조금 오글거리는 다짐이긴 하지만…… 원래 그런

거겠지.

 호랑이 쉼터가 더 좋아졌다.

 이곳에 있는 것도, 이곳도 모두.

 밖에서 편하게 얘기를 나누고 있는 두 사람의 모습까지다.

 그렇게 보다 선명해진 다짐을 뒤로 하고.

 "아차! 그러고 보니 쑥쑥이의 원두에 효과가 없었던 건 이래서였나?"

 다른데 정신이 팔려 있어서 이제야 생각났다.

 쑥쑥이의 원두를 단순한 매개, 혹은 그걸 담는 그릇이라 생각하면 이번 얻은 능력과 딱이긴 했다.

 "좋아, 그럼 이걸 어떻게 활용해 볼까?"

 새로 얻은 것으로 또 다른 손님을 맞이할 준비를 했다.

 샤라랑~

 주변에서 깔깔거리며 노는 아우라들과 브라우니를 공터의 두 사람에게 내보내며 뒷마당으로 나왔다.

 그리고 창고로 들어갔다.

* * *

 어두운 집무실의 상석.

 배홍석은 그곳에서 조용히, 제 손자의 보고를 받았다.

 "목장에서 일어난 오염이 정화된 걸 확인했습니다. 목장에서 공급되던 물량은 큰 차질 없을 것 같습니다."

"오염이 정화됐다?"

"예, 그렇습니다. 그리고 정화되기 직전에 호랑이 쉼터의 주인이 왔다가 간 적이 있다고 합니다. 추측되는 바로는, 아무래도 그것과 연관이 있지 않을까 싶습니다."

"허어…… 벌써 거기까지 성장한 것인가?"

"그러게요. 볼 때마다 놀랍네요."

둘의 대화 주제는 호랑이 쉼터의 주인과 그와 관계됐을 것으로 추정된다는 내용.

그것도 비교적 최근인 목장 사건을 얘기하고 있었다.

"거기까지 성장했다면, 이제 슬슬 찾아오는 이들도 늘어나겠군."

"아무래도 그렇겠죠. 물론 터는 주인의 성향을 따라가니 이전 주인과는 다를 것으로 예상됩니다."

"허허! 네가 보기에 그 손주는 천 씨, 그 친구와 달라 보였더냐?"

"느낌부터 좀 다르지 않습니까?"

"흐음. 나야 한 번 보고 말았으니 모르지 않겠느냐? 내가 봤던 천 씨라면 모를까. 아무튼 그 아이의 옆에서 지켜본 네 생각은 어떻더냐?"

배준호는 할아버지의 말에 잠시 생각에 잠겼다.

자신이 본 그 사람.

그는 지금 할아버지의 질문이 사람의 인상이나 성격 같은 평범한 걸 묻는 게 아니라는 것을 본능적으로 깨달았다.

그렇다면.
"가장 최근에 본 그분은 자신만의 향을 진하게 품은 듯했습니다."
"자신만의 향을 진하게 품었다?"
"예."
"그게 다더냐?"
"그리고 묘하게 그 향이 마음을 편안하게 만들어 주는 것 같습니다."
"흐음, 그건 확실히 천 씨와는 다르구먼."
"그러고 보니, 할아버지가 아시는 그분은 어땠습니까?"
"허허!"
이번엔 반대로 배준호의 말에 배홍석이 생각에 잠겼다.
그리고 잠시 후.
"나무였다."
"나무요?"
"그래, 나무. 아낌없이 다 주는 그런 자였어."
"아."
이번엔 두 사람이 침묵에 잠겼다.
서로 자신은 보지 못한 자에 대한 느낌을 떠올려 보려는 것이었다.
배준호는 천유진의 할아버지를, 배홍석은 천유진을.
"궁금해지는구나. 그 향이 말이다."
"조만간 여기까지 퍼지지 않을까 싶습니다."
"호오? 조만간이라?"

"예. 할아버지께선 여태 본 터주 중 천강석 님이 최고라고 하셨습니다만, 제가 본 천유진 님도 만만치 않으니까요."

조심스럽게 말하던 앞선 말과 달리, 이번만큼은 확신을 가지고 말하는 손자의 모습에 배홍석은 껄껄 웃었다.

비웃음이 아니라 진심으로 즐거워 웃는 거였다.

그 자신감은 꼭 자신의 어렸을 때를 보는 듯했으니까.

그렇게 한참을 웃던 배홍석은 이내 다시 본래의 표정으로 아무 일 없었다는 듯 돌아왔다.

그에 배준호는 자세를 폈다.

"그래. 그건 두고 보면 알겠지. 그건 그렇고, 이제 그놈 얘기를 좀 해야겠구나."

"누구…… 얘기신지?"

"누구긴. 네 형제 놈 말이지."

"아."

배홍석의 뜻을 알아차리자 배준호의 얼굴이 난감한 빛으로 바뀌었다. 이번엔 또 무슨 얘길 꺼내실지…….

그때!

지잉! 징!

"어? 회장님, 잠시 터주와 관련된 일이 생겨서 가 봐야 할 거 같은데…… 그 얘긴 다음에 듣겠습니다!"

"으잉? 이놈이 지금 어딜?"

"진짭니다. 보세요. 심지어 나무가 필요하시다는데요? 나무요."

타이밍 좋게 날아온 문자는 분명 천유진의 메시지였다. 거짓말이 아니라는 걸 피력하며 배준호는 얼른 자리에서 일어났다.

그리고 바쁜 척 연기를 하며 문고리를 붙잡았다.

"제가 없으면 또 안 되시잖아요. 좋은 일 하시는 분인데 도와드려야죠."

"허어?"

"그럼, 먼저 일어나 가 보겠습니다!"

순식간에 사라진 배준호. 남아서 그 빈 자리를 보는 배홍석의 입에서 어이가 사라졌다가 이내 웃음으로 채워졌다.

"아주 형제끼리 똑같구먼, 똑같아. 누굴 닮아 저러는 건지."

끌끌끌 웃는 배홍석의 목소리가 꽤 오래 집무실에 머물렀다.

* * *

아쉽게도 뒷마당의 창고에 목재가 없었다.

정확히는 내가 원하는 목재만 없었다.

"뒷산에서 구해다 써야 하나?"

찾아보면 있을 것 같긴 했다.

하지만 멀쩡한 나무를 베는 건 무척 어려운 일이다. 게다가 그렇게 벤 나무를 바로 쓸 수도 없기도 하고.

흐음, 어떡하지?

'혹시 봉황 마트에서 관련된 것도 처리하려나?'

먼저 떠오른 것은 며칠 전 들렸던 배준호 씨였다. 하지만 이내 고개를 절레절레 저었다.

제아무리 뭐든 구해다 준다고 했다지만, 목재를 말하는 것은 좀 그렇긴 하지?

어디 근처에 관련 업체가 없나 곰곰이 생각해 봤다.

그런데……

"응?"

배준호에게서 먼저 문자가 왔다.

지금 바로 급하게 필요한 게 없냐는 문자였다.

보통 내가 문자를 보내지 않으면, 먼저 연락하지 않는 사람인데 웬일이지?

심지어 내용도 뭔가 급한 것 같은 느낌.

'혹시?'

예전에 회사 다닐 때 그런 적이 있었다.

아직 짬이 덜 찼을 때의 회식 자리. 이제 그만 끝내고 집에 가서 쉬어야 할 시간임에도 끈질기게 회식 자리를 이어 가려는 상사가 있었다.

그때 썼던 방법 중 하나였다.

당시엔 김정현에게 문자로 부탁했었지.

슬쩍 일이 생겨서 회사에 갔다가 와야 될 것 같다는 문자를 남겨 달라고.

눈치가 빠른 김정현은 바로 그 문자를 남겼다. 물론 내가 보낸 문자는 빠르게 지우는 것도 잊지 않았다.

끈질긴 상사도 회사 일 때문에 다시 회사에 들어가야 한다는 말에는 나를 놓아줬다.

그리고 이 수법은 이후, 미리 정했던 신호를 통해 서로 부탁하며 잘 써먹었었다.

그리운 기억.

그런데 왠지 지금의 배준호 씨도 그런 느낌이다.

그래서 바로 문자를 보냈다.

'목재가 필요합니다. 핸드 그라인더를 만들까 하는데, 그에 맞는 목재가 있었으면 좋을 것 같습니다.'

이렇게 문자를 보내고 몇 초나 지났을까?

바로 배준호에게서 연락이 왔다.

금방 목재 구해서 오겠다는 연락이었다.

그 목소리를 들어 보니 예상했던 게 맞는 듯했다.

뭐, 상황에 따른 임기응변의 일종이었으니 굳이 그럴 필요는 없다고 했는데.

"이거면 될까요?"

"……진짜 가지고 오셨네요."

"당연히 와야죠. 하하! 오히려 감사합니다. 덕분에 빠져나올 수 있었거든요. 어휴, 잘못하다간 아직도 할아버지에게 붙잡혔을걸요?"

"상사가 아니라 할아버지였어요?"

"할아버지가 상사라서요."

"아."

그러네, 배홍석 할아버지가 봉황 마트 회장이라고 했으니.

사람 좋으신 분 같았는데, 아무리 손자라도 공과 사는 확실하신 듯했다.

할아버지에 대해 말하는 배준호의 눈빛을 보면 말이다.

아무튼 얼떨결에 목재를 구했다.

"잠깐 쉬다 가실래요? 커피 한 잔 드릴까요?"

"하하! 괜찮습니다. 손님도 계신 것 같은데 저는……."

배준호는 목재만 공터에 두고 바로 가려고 했다. 하지만 마침 공터에서 쉬고 있던 한송이와 김하나가 그걸 들었는지.

"저흰 괜찮아요!"

배준호를 붙잡았다.

"예. 그럼."

그리고 배준호가 바로 앉았다.

2장

배준호는 간단하게 커피를 마시겠다고 했다.
그래서 어떤 효과를 넣어 주면 좋을까 싶어서 텍스트창을 보는데.

[배준호]
*상태
─작은 고민으로 머릿속이 어지러움

어쩐지 더 상세해진 듯한 상태는 그렇다 치고, 심각한 상태가 아닌 것 같은데도 보였다.
아우라의 빛도 선명하고 맑은 상태인 걸 보아 설명대로 진짜 작은 고민일 뿐인 듯했다.

그 정도는 누구나 가지고 있는 그런.

'전에는 그래도 아우라에 이상이 있을 정도는 돼야 텍스트창에 떴던 것 같은데.'

이것도 성장한 개안의 영향인 듯, 아닌 듯 조금 애매했지만.

일단 고민이 있는 듯하니 그에 맞는 효과를 떠올렸다.

아무래도 고민이 있을 땐 조금 편안하고 안정적인 상태가 좋다. 좀 더 고민을 차분하게 바라볼 수 있으면 더 좋고.

그럼 민트의 효과가 좋겠어.

'역시 이렇게 되네.'

쑥쑥이의 원두에 내가 넣고 싶은 효과를 넣기 위해서 작물의 효과를 떠올리게 된다.

그리고 동시에 그 작물의 맛과 향까지도 연상되었다.

이번 원두는……

샤라랑~

자아가 미약하게 생긴 아우라들이 뛰어노는 원두 위로 손을 뻗었다.

그러자 아우라들이 장난을 치려는지, 손가락 사이를 뛰어다니고 손등에 올라탔다.

스윽.

방해는 되지 않았기에 신경 쓰지 않고 원두를 골랐다.

아니, 보다 보니 오히려 아우라들이 도와주는 듯했다. 원두를 고를 때 신호를 준다고 해야 하나?

"이렇게 하면 돼?"

샤라랑~

아우라들의 반응을 보면서 원두를 골라 봤다.

베이스는 강배전의 원두였다.

묵직하게 깔리는 다크한 맛에 스파이시한 향이 아주 살짝 가미된 블렌딩이었다.

'이거라면 머리는 맑게 해 주면서도 마음은 안정시켜 줄 수 있겠어.'

어떻게 보면 전에 왔던 손님 중, 우직해 보였던 박대산 씨에게서 나던 느낌과도 비슷했다.

아마 이걸로 라테를 만들어 주면 좋아하지 않을까? 이 블렌딩 비율은 기억해 둬야겠다.

'이건, 내 레시피북으로 적어 놔야겠네.'

할아버지의 레시피북이 아닌, 내 레시피북.

텃밭의 작물들이 늘어나면서 생각은 하고 있었다. 게다가 이미 할아버지의 레시피에 없는 것도 종종 만들었다.

그것도 같이 정리해서 넣으며 만들어 갈 생각이다.

생각만 해도 가슴께가 간질간질한 것이 조금 묘했지만 금방 털어 내고 커피를 내리는 데 집중했다.

조금은 거칠고 굵은 입자로 갈아 물을 내렸다.

이미 충분히 고른 원두 자체가 무겁고 진하기 때문에 고운 입자로 하면 자칫 사약처럼 써질 수도 있다.

그러니 이 정도면 충분했다.

그렇게 내린 커피는 바로 컵에 담지 않았다.

옆에 잠시 두고, 살짝 차가운 우유에 생크림을 조금 부어서 섞었다.

'그리고 이걸 이제.'

얼음이 담긴 컵에 넣은 뒤, 마지막으로 방금 내린 커피를 조심스럽게 가장자리부터 부으면······.

커피가 우유를 타고 내려가며 그라데이션으로 번져 간다.

그렇게 누가 봐도 예쁜 아이스 라테가 완성되었다.

보통 에스프레소 샷에 스팀 밀크를 붓는 건과는 정반대였다.

생크림도 들어갔고, 당연히 그래서 맛도 달랐다.

부드러운 거품이 에스프레소의 진함을 머금고 있는 클래식한 라테와 달리, 이건 조금 가볍고 달다.

생크림 덕분에 점도도 살짝 있는 편.

'사실상 커피 우유의 느낌이라고 해야 하나?'

커피 맛보다는 우유와 생크림 맛이 더 진한. 아이스 라테.

'목장에서 가져온 신선한 우유랑 생크림이 있어서 해봤는데 괜찮네.'

농후한 맛이 잘 어울린다.

게다가 원래 라테는 달지 않은데, 이건 설탕이 들어간 생크림을 넣은지라 살짝 단맛이 가미되며 그게 또 포인트가 되었다.

시원한 아이스라 더더욱.

[생크림 아이스 라테]
*효과
―부드러운 이불 위에서의 청명한 기상

조금 요상한 듯한 효과 설명이었지만 안정적인 효과 외에 집중력 향상 효과가 들어간 거였다.

이미 조화로 특이한 효과를 넣어 봤기 때문에 당황하진 않았다.

그럼, 효과는 이거면 될 것 같고.

"주문하신 음료 나왔습니다."

"오! 감사합니다. 라테네요?"

"예. 부드럽게 마시기 좋으실 겁니다."

"사실 그냥 커피보다는 라테를 좋아하긴 합니다. 아니면 아예 일하다가 가볍게 마시기 편한 자판기 커피도 좋아하는데……."

안 그래도 그런 것 같았다.

전에 타고 온 차에 인스턴트 커피 봉지가 있는 거 봤으니까.

좋아하는 건 몰라도 선호하는 것 같긴 해서 이렇게 만들었는데…… 마침 딱 들어맞았나 보다.

"그럼."

배준호가 시원한 생크림 라테를 과감하게 한 모금 마셨다. 당연하게도 뜨거운 라테와 다르게 벌컥벌컥 마셔도 괜찮았다.

"오오!? 이거 진짜 맛있는데요?"

"그렇습니까?"

"예! 부드러우면서 시원한데 또 살짝 단맛도 나고. 근데 또 느끼하진 않게 묵직한 커피 향이 나서 좋네요. 근데 혹시 여기에 풀도 넣었나요?"

"풀이요? 아, 풀은 아닌데 향이 조금 톡 쏘는 듯 나죠?"

"네네. 신기하네요? 향하고 잘 어우러져서 괜찮기도 하고. 머릿속을 딱! 정신 차리게 만들어 주는 것 같네요."

배준호의 맛 평가에 흐뭇한 미소가 절로 지어졌다.

강배전의 쓴맛을 잘 블렌딩하면 이렇게 향만 딱 낼 수 있었다.

여기서 더 가면 스파이시 향이 되는 건데, 그렇게까지는 하지 않았다. 그건 호불호가 조금 있으니.

애초에 인스턴트 커피를 자주 마시는 배준호 씨에겐 이쪽이 혀엔 더 익숙하겠지.

익숙한데, 조금 더 고급진 맛.

실패할 수가 없는 결과였다.

"뭐예요? 뭔데요? 되게 맛있는 것 같은데요 그거?"

"향도 좋아요!"

그나저나 저 두 사람은 언제 안으로 들어왔지? 커피에 이끌려서 왔는지 배준호의 라테에 아주 관심이 많아 보였다.

"드릴까요?"

"네!"

"근데 이거 마시면 벌써 석 잔째실 텐데."
"아…… 그건 그러네요. 그럼 그건 포장 가져가서 마실 게요. 여기 텀블러에 넣어 줄 수 있을까요?"
"그럼요. 차가운 거니까 드실 때 한 번 섞어서 드시기만 하면 될 겁니다."
자기가 생각해도 연달아 석 잔을 마시는 건 무리였는지, 김하나가 텀블러를 가지고 왔다.
근데…… 보따리장수도 아니고 가방에 텀블러가 꽤 많아 보인다.
그 시선을 눈치챘는지 머리를 매만지며 해명하는 그녀.
"카페 찾아갈 때마다 있으면 하나씩 사기도 하거든요."
"아, 카페 가시는 게 취미셨죠?"
"와아~ 사장님, 그걸 기억하고 계셨어요? 한번 말한 거 같은데?"
"그럼요."
그 정도야 어렵지 않지.
잠깐 담소 후, 텀블러를 받아서 배준호에게 만들어 준 아이스 라테를 담아서 줬다.
그 길로 한송이와 김하나는 사이좋게 집으로 떠났다.
내일 아침에 또 오겠다고 하던데…… 물론, 오늘처럼 일일 알바를 하겠다는 건 아니었다.
우리가 최근에 했던 봉사 활동을 듣고는 자신도 아침에 산책하고 싶다는 이야기.

이쪽이야 별문제 없으니 상관없지. 흔쾌히 알겠다고 답했다.

그렇게 약속을 잡고 두 사람은 떠나는 순간, 배준호와 눈이 마주쳤다.

그러자 배준호가 자연스럽게 물었다.

"저 두 분은 단골이신가 봐요?"

"그런 셈이죠."

"사이가 되게 좋아 보이네요. 꼭 친구 같아요."

"한 분은 같은 마을에 살아서 친구까진 아니지만, 편하게 지내는 것 같긴 하네요. 동네 편한 동생 같은 느낌?"

"그런가요? 동네 친구라니, 부럽습니다."

배준호의 표정은 진짜 부럽다는 감정이 담겨 있었다.

뭐지? 혹시 친구가 없나?

성격을 보면 사람 참 좋아할 것 같은데…… 김정현과는 또 다른 의미의 대형견 타입이라고 해야 하나?

김정현이 감자 같은 골든 리트리버 타입이면 이쪽은 눈이 부리부리한…… 허스키, 그래 그쪽이었다.

되게 반전이 있는 친화력 대장.

흔히 허스키를 되게 차갑고 사나운 늑대견으로 알고 있는 경우가 많은데, 사실 알고 보면 걔들만큼 순둥순둥한 녀석들이 없었다.

예전에 클라이언트 중 한 분이 허스키를 키웠는데 현장에만 데리고 오면 그렇게 사람을 졸졸 따라다녔었지.

정작 주인은 내버려 두고 말이다.

주인 왈, 남의 집 개가 꿈인 거 같다나?
아무튼 생긴 건 차갑고 멋있었는데 성격은 완전 반대였다.
배준호도 그냥 입을 다물고 있을 때보면 그런 인상이 있었다.
물론, 보통은 늘 웃는 상이라서 그런 모습을 보기 쉽진 않지만.
'그래도 이렇게 있을 땐 억지로 웃고 있지 않네.'
오늘 거의 처음 그 반전의 모습을 보는 듯했다. 그러고 보니 작은 고민이 있었던 것 같은데…… 혹시 그게 친구 관련인가?
깊은 고민은 아닌 것 같으니 가볍게 담소나 나눠 보기로 했다.
"준호 씨는 그런 동네 친구는 없으신가요?"
"동네 친구라…… 그런 건 아닌데 어릴 적 친구처럼 지내던 같은 곳에서 나고 자란 사람은 있습니다."
"그래요? 지금은 안 친한가요?"
"딱히, 뭐 그런 건 아닙니다. 형이거든요."
"형이요?"
"예."
아니, 그건 장르가 다르지 않나?
물론 형제도 친구처럼 지낼 수 있긴 한데…….
아차, 내가 아까 한송이한테 동네 동생 같다고 했구나.
그럼 뭐, 아예 다른 말은 아니네.

이쪽은 피 한 방울 안 섞인 동네 동생 같은 사이고, 저쪽은 피는 섞였지만, 동네 친구 같은 사이고.

뭐, 그거야 아무튼.

"형이라 부럽네요. 저는 외동이라."

"그런가요? 하하! 근데 뭐, 어렸을 때야 친하게 지냈지. 지금은 얼굴 보기도 어려워서요."

"그래도 형제는 또 친구랑 다른 느낌 아닌가요? 사실 저는 잘 몰라서……."

진짜 잘 몰랐다. 애초에 형제가 있어야지. 가족도 없는데.

"음……."

"가끔가다 연락이나 하면 반가운? 아, 그러면 친구랑 별반 다를 게 없으려나? 근데 형제면 조금 더 의지 되는 것도 있지 않을까 싶긴 한데…… 친구와는 또 다른, 믿고 의지할 그런 사람이요. 자세히 설명하기에 어렵네요."

내 나름대로 유추해서 얘기했더니 배준호가 고개를 끄덕이며 공감했다.

"하핫! 그러게요. 뭐 하신 말씀이 맞는 것 같긴 합니다. 친구랑 다르게 어떨 땐 든든하죠. 또 어떨 땐 원수 같다가."

"그래도 친구랑은 끈끈함이 다르다고 들었는데. 어떤가요? 맞나요?"

"끈끈함이…… 예. 다르죠. 치고받고 싸워도 형제 아니겠습니까? 하핫!"

언제 그랬냐는 듯 웃는 상으로 돌아온 배준호의 상태에서 고민이 사라졌다.
 뭐지? 딱히 아무것도 안 한 것 같은데.
 심지어 무슨 문제인지도 모르겠다.
 '뭐, 없어졌으면 다행이지.'
 무슨 도움인지는 몰라도 도움이 된 걸로 만족이었다.
 그렇게 한결 편안해진 표정의 배준호는 그대로 아이스라테를 원샷했다.
 그리곤 마치 청량음료라도 마시듯 크으~ 하는 소리를 내뱉더니.
 "이거 진짜 또 생각날 것 같네요."
 "언제든 오세요."
 "예. 그래야겠네요. 아, 사장님도 언제든 필요한 게 있으면 연락 주십시오. 이번처럼 목재가 필요해도 되고 또 다른 게 필요해도 괜찮습니다."
 "아."
 깜빡할 뻔했네. 배준호가 목재를 가져다줬다는 사실을.
 뭐, 이건 어쩌다 보니 이렇게 된 거고. 당연히 이런 부탁은 앞으로 조심할 거다.
 서로 조심해야 되는 부분은 맞으니까.
 물론 배준호에겐 그냥 알겠노라 답했다. 그렇게 답을 들은 배준호도 이제 가려는 듯했다.
 그런데,

"아 참! 얼마 전에 우 사장님에게 들었습니다. 목장에 생긴 일을 사장님이 해결해 주셨다고. 그래서 우 사장님이 직접 호랑이 쉼터는 더 잘 부탁드린다고 하더군요."
"아, 그러셨어요? 별거 한 건 없는데……."
"어유, 아니긴요. 우 사장님네 우유는 저희 회사에서도 중요한 건데요. 저희도 감사합니다."
조금 쑥스럽네.
배준호는 그렇게 감사를 전하며 떠났다.
재밌는 건 원래부터 맑고 선명했던 배준호의 아우라도 카페에 흡수가 됐다는 사실이다.
'보통 저런 상태면 아우라가 굳이 흡수되진 않던데.'
물론 재능까진 흡수가 되지 않았지만 그래도 특이점이긴 했다. 아마 이건 '터의 가호'라는 게 성장했기 때문인가?
뭐, 나한테는 나쁠 게 없었다.
아우라는 돌고 도는 게 좋으니까.
"그럼 이제 목재를…… 응?"
자, 그럼 이제 사람들도 다 갔으니 배준호에게 받은 목재로 작업을 시작하려고 했는데.
갑자기 인기척이 들리더니 카페 쪽으로 사람이 올라오는 게 느껴졌다.
'경찰?'
그것도 딱 봐도 경찰복을 입은 두 남자였다.

* * *

다행이라고 해야 할지.

당연하다고 해야 할지.

아, 나는 죄진 게 없으니 후자겠다.

경찰들이 여길 찾은 건 그냥 순찰을 돌다가 잠시 쉬는 시간에 간판이 보여서 들른 거였다.

"예전에는 할아버지셨던 것 같은데."

"아, 전에도 오셨나 보네요. 원래 할아버지가 하셨는데, 제가 이어받았습니다."

"아~ 그럼 '그' 손자분이시구나? 어쩐지 뭔가 닮은 느낌도 있습니다. 하하!"

중년? 그보다는 장년에 가까운 모습의 경찰은 예전에도 왔었던 모양.

반면 옆에 있는 경찰은 나보다 더 어릴 듯 보였다. 여기가 신기한 듯 이곳저곳을 보고 있었다.

"이 순경은 여기 처음이죠?"

"아, 옙!"

"하하. 그렇게 답하지 않아도 된다니까 참."

둘의 대화를 들어 보니 아무래도 저 젊은 경찰은 이제 여기 온 지 얼마 안 된 신입 같았다.

옆에 선배 경찰이 말하자, 아주 군기가 바짝 든 모습으로 답하는 걸 보니 괜히 회사 처음 입사할 때가 생각났다.

아, 그 전에 이등병이던 시절도 생각나는 모습이긴 하네.

아무튼 풋풋한 모습이라 입가에 미소가 절로 지어진다.

아마 옆에 있는 선배 경찰이 웃는 것도 그래서 그렇지 않을까.

"여기서 잠깐 커피나 마시고 가자고."

"예!"

"에헤이, 이 사람 참."

"아, 그 죄송합니다."

"뭘 또 죄송해요. 괜찮으니까 마실 거나 주문합시다. 자, 하나는 음, 라테로 주시고 이 순경은?"

"저는 어, 음. 아, 민트 초코 프라푸치노 이걸로 마시겠습니다."

평범한 주문이었다. 그리고 손님들의 상태도 평범했다.

'아우라가 특별히 맑거나, 또 특별하게 탁하지도 않네.'

그냥 평범한 그 자체.

이상한 일은 아니었다. 사실 이게 정상인 걸 수도.

아니, 정상이겠지. 모든 사람이 다 그런 아우라를 가지고 있진 않을 테니까.

좋은 거든, 나쁜 거든 극과 극의 상태보다는 이런 상태가 많은 게 평범한 일이었다.

여태 너무 평범하지 않은 상태를 많이 봐서 순간 헷갈렸다.

"주문받았습니다. 드시고 가시나요? 아니면 포장해 드

릴까요?"

 혹시나 바로 가야 되는 건가 싶어서 물어봤다.

 그러자.

 "먹고 가지요. 그게 낫겠죠?"

 뒷말은 내게 하는 말이 아니라 이 순경이라는 신입에게 하는 말이었다. 이 순경은 그에 고개를 끄덕이며 예! 라고 답했다.

 어지간히 기합이 잘 들어간 모양새라 오히려 보기 좋았다.

 물론 그의 상사도 나와 비슷한 듯 씩 웃었다.

 "민트 초코? 그거 그냥 치약 맛 아닌가요?"

 "그, 그렇진 않습니다!"

 "그래요? 전에 여기 할아버지 사장님이 계실 적에도 어떤 꼬마가 그거 먹길래 봤는데 영 별로던데요. 색깔 시퍼런 것이."

 "그건……."

 민초파를 건드리는 말에 이 순경이 순간 움찔한다.

 여태 얼어 있는 모습과 다른 반응이 꽤 흥미롭다.

 하긴 수아도 치약이라는 말만 꺼내면 저런 반응인데.

 근데 이 순경의 상사가 봤다는 꼬마, 왠지 수아일 것 같다. 혹시 그때도 수아를 놀렸으려나?

 아무튼 슬슬.

 "그럼 자리에 계시면 음료 준비되는 대로 부르겠습니다. 자리는 편하신 곳에 앉으시면 됩니다. 바깥도 있긴 한데…… 음, 지금은 덥겠네요."
"아, 예. 안에 시원한 데 있죠, 뭐. 하하!"
내 말에 경찰 손님 둘은 창가에 자리를 잡고 환담을 나누기 시작했다.
자, 그럼 이제 슬슬…….
그사이 나는 주방으로 들어와서 음료를 만들었다.
그런데,
'음.'
늘 하던 건데 오늘따라 뭔가 낯설다. 평범한 카페의 풍경, 그리고 상황.
그동안 너무 특별한 경험을 많이 해서 그런가? 오히려 이쪽이 신선한 느낌도 살짝 있다.
물론 어느 쪽이든 다 반길 일이지만.
"특별히 신경을 안 써도 되는 건 확실히 편하긴 하네."
커피에는 그대로 약화된 상태의 피로 회복 효과만 살짝 넣었다.
민트 초코 프라푸치노는 당연히 민트 고유의 효과가 있으니 따로 넣지 않았다.
처음, 이곳에서 시작했을 때처럼 말이다. 만생공의 재능을 쓰지 않으니 조금 낯선 느낌은 있지만…….
'사람들이 평범한 상태면 반길 일이지.'
기분 좋은 마음으로 음료를 가지고 나왔다.
"주문하신 음료 나왔습니다."

* * *

 경찰 손님들은 잠시 그렇게 음료를 마시며 쉬었다. 그리고 그들도 배준호처럼 조금의 아우라만 남긴 채 떠났다.
 "음. 이제 좀 쉬려나."
 연달아서 오던 손님은 이제 보이지 않았다.
 그렇게 잠깐 앉아서 쉬니, 랑이가 옆에 와서 고롱거렸다.
 일은 내가 했는데 왜 니가 지친 표정이야?
 손님이 있을 땐 카운터에 인형처럼 가만히 누워 있던 녀석이. 아무튼 웃긴 녀석이다.
 '날이 추울 땐 일부러 사람들한테 치댄 거였네.'
 그래야 따뜻하니까.
 근데 지금은 붙으면 붙기엔 조금 더운 날씨다. 아마 그래서 그런 듯.
 '약은 녀석.'
 심지어 마침 카운터 쪽에는 바람도 잘 들어와서 시원하기도 하고.
 이걸 똑똑하다고 해야 할지, 영악하다고 해야 할지.
 고롱~ 고롱~
 뭐, 사실 아무렴 좋지만.
 잠깐 랑이를 쓰다듬으며 멍을 때리다가 일어났다.
 "그라인더 만들려고 했는데 깜빡할 뻔했네."

연속으로 세 번 손님이 온 적은 처음이라 그냥 잊을 뻔했다.

좋아 생각날 때 빠르게 끝낼까? 얼른 배준호가 주고 갔던 목재를 꺼내 왔다.

단단한 호두나무였다.

진한 나무색이 매력적이면서 하드우드라 그라인더의 몸통에는 더할 나위 없이 좋았다.

목공에 쓸 도구는 다행히 창고에 다 있었다.

수공구들이라서 쓰는데 어려움은 없을 듯했다.

목공 재능도 있고 목생의 재능들이 그걸 받쳐 주기도 할 테니.

'그러고 보니 선생님한테 그 뒤로 연락을 안 드렸네.'

문득 목공의 재능을 준 우다연을 맡긴 허정 선생님이 생각났다.

그때 인사를 드리고 난 뒤에 찾아뵙겠다고 했는데 깜빡했다.

그게 거의 초봄이었으니…….

'이런.'

여름이 다 된 지금 연락하면 분명 호통으로 귀가 먹어 버릴지도.

음, 오늘은 말고 나중에 해야겠다.

따로 우다연 씨나, 선생님에게 연락이 안 오는 걸 봐선 잘하고 있지 않을까 싶었다.

무소식이 희소식이라는 말이 있지 않은가.

뭐, 그렇기를 바랐다.

그나저나.

"근데 뭐 이렇게 좋은 목재를 가져온 거지?"

배준호가 가져온 목재의 상태가 심상치 않았다.

받을 땐 정신없어서 그냥 조금 좋아 보이는 목재다 싶었는데…… 이 정도면 최상급에 가깝지 않을까 싶었다.

옹이도 거의 찾아볼 수 없고 제대로 오랜 시간을 말려서 목 가공을 해도 비틀림이 거의 없을 것 같았다. 이런 건 전문적으로 취급하는 곳에서도 귀할 텐데.

"심지어 돈도 안 받고 갔네?"

카페에서 쓰는 재료들이야 후원으로 조금 받는다 쳐도, 이것까지 그럴 생각은 없었다.

솔직히 말하면 이건 그냥 순전히 내 욕심이라고 할 수 있는 일이었으니까.

카페에는 이미 기계 그라인더가 있고, 핸드 그라인더도 있었다.

굳이 하나 더 만들 필요가 없는 거다.

그럼에도 만들려는 이유는 왠지 내 손에 맞는 핸드 그라인더를 만들면 더 좋지 않을까 하는 욕심에서였으니까.

"조금 미안해지네."

배준호 성격상 돈을 준다고 해도 안 받을 것 같았다.

그렇다면 어쩔 수 없지.

다음에 또 부탁할 일이 있으면 효과 팍팍 넣어서 음료 만들어 주는 수밖에.

도구와 목재를 들고 나무 그늘 아래에 들어왔다.

그리고 대략 사이즈를 정했다.

아, 그라인더의 날은 당연히 기존에 있던 걸 분리해서 내가 만든 것에 쓸 거다.

이것까지 만드는 건 복잡하니까.

그러니까 이건 자동차의 페이스리프트 같은 거였다.

내 손에 맞춰 바꾼다는 게 차이점이라고 해야 하나?

'수평으로 돌리는 것보다 수직으로 돌리는 게 낫겠지.'

머릿속으로 설계를 떠올렸다.

스탠드형과 핸드형, 두 가지를 만들 거다.

스탠드는 좀 더 많은 양을 갈 때 쓰기 편하고, 핸드형은 적은 양을 이동하면서도 쓸 수 있다.

그러니까 핸드형은 지금 핸드 그라인더에서 사이즈만 좀 작게 그리고 손에 잡기 좋게 바꾸면 됐고.

스탠드형이 조금 복잡한데, 이건 아예 그라인더 부분하고 갈린 원두를 받아 내는 부분을 분리하기로 했다.

원두 커피를 내리는 기계와 비슷했다.

위에서 그라인더가 갈고. 그게 밑으로 내려와 분리되는 통에 쌓이는.

쌀가루 빻는 기계와도 비슷했다.

물론 생긴 건 좀 다르게 되겠지만.

"나무 모양을 그대로 살려도 좋을 것 같네."

통나무의 형태를 그대로 살리면 잘하면 나무에서 커피 가루가 내리는 듯한 모습이 연출될 수도 있을 듯했다.

그럼 그건 카운터 쪽에 두고 손님 앞에서 갈 수도 있겠지.

수직으로 돌리는 손잡이를 두면 볼썽사나운 모습도 없어질 거다. ASMR 같은 원두 가는 소리도 덤.

'사실 이게 제일 크긴 하지.'

기계가 안쪽에 있어서 홀까지는 크게 안 들리긴 해도 어쨌든 기계 소리였다.

그 날카로운 소리는 아무래도 신경도 날카롭게 만드는 경향이 없지 않았다.

사실 미묘한 차이이긴 한데, 왠지 욕심이 났다.

소리까지도 편안할 수 있길 바라는······.

물론 거기에 조율의 재능을 쓸 수 있다는 것도 덤이다.

아무튼, 설계는 그렇게 하고.

그럼 이제 진짜 만들 차례였다.

사각! 사각!

톱질을 시작했다.

나무 그늘 아래에서 그 소리가 조용하게 공터를 울렸다.

짹짹짹~

나무 그늘에서 쉬던 새들이 그 소리에 뭐라 뭐라 지저귀었지만······ 목공의 재능을 중심으로 목생의 재능을 최대한으로 펼치고 있는 지금, 그런 소리는 내게 조금도 들리지 않았다.

오로지 톱질 소리와 함께 머릿속으로 그리고 있는 그라

인더의 설계만이 생각났다.
 사각! 사각!
 그 집중이 깨진 건, 거의 다 완성이 되고 이제 사포로 마무리를 할 때쯤이었다.
 삭! 삭!
 사포질하는 소리 사이로 묘하게 느껴지는 시선.
 "응? 수아, 너 언제 왔어?"
 "하~안참 전에요."
 "왔으면 말을 하지."
 "해지려고 할 때는 말하려고 했죠~ 프히히! 다행히 해는 안 졌어요!"
 수아였다.
 녀석의 말에 정신을 차리고 돌아보니 그 말대로 해는 아직 지지 않았다.
 근데 시간이 꽤 지난 건 맞는 듯했다.
 '오늘은 아침부터 진짜 쉴 새 없이 일한 느낌이네.'
 알차게 꽉 채운 하루를 보낸 듯했다.
 물론 그전에도 늘 즐거운 하루를 보내긴 했지만.
 "근데 그건 뭐예요?"
 "이거? 원두 가는 그라인더."
 수아가 호기심 가득한 표정으로 내가 만든 것을 봤다.
 그 모습에 웃음이 나왔다.
 그러고 보니 이 녀석, 기특하게도 내가 작업 다 끝낼 때까지 이렇게 조용히 기다리다니.

"민초프 만들어 줄까?"
"네! 근데 다 끝났어요?"
"사포하고 면만 다듬으면 돼. 거의 끝났지."
"와! 진짜요? 이거 돌려 봐도 돼요?"
"자. 한 번 테스트로 원두도 갈아 보던지."
"아싸! 히히!"

스탠드형 그라인더가 신기한 건지, 수아가 관심을 가지 길래 한 번 써 보라고 했다.

아무래도 생긴 게 꼭 전축? 뭐 그런 골동품 같은 느낌이라 그런 듯했다.

마감이 부족한 거지, 기능은 문제가 없었다. 그래서 수아에게 테스트 삼아 돌려 보라고 시범을 보여 줬다.

그런데……

사각사각사각!

주방에서 가지고 온 원두가 갈리는 소리와 함께 아우라가 공명했다.

'이건!?'

예상은 했지만, 그 예상을 뛰어넘는 느낌이었다.

마치 그라인더 하나로 공터를 노니는 아우라들을 지휘하는 느낌이었다.

조율과 금생의 재능들이 그것을 가능하게 만들었다.

테스트 시범을 보이려다가 내가 반해 버린 셈.

"오잉? 뭐지?"

수아의 목소리에 겨우 정신을 차리고 손을 놨다.

"왜? 이상한 거 있어?"

그리고 아닌 척 고개를 갸우뚱하고 있는 수아에게 물었다.

"앗! 아까까진 분명 아저씨한테서 무슨 소리가 나는 것 같았는데…… 지금은 안 나요."

"소리는 무슨 소리? 원두 가는 소리겠지."

"으음. 아닌데. 이상하다? 한 번 더 돌려 봐요!"

"나는 됐고. 이렇게 돌리면 되는 거야. 수아 네가 하고 있어 봐. 이상한 거 있으면 말해주고. 금방 음료 만들어 줄게."

놀란 마음을 감추고 수아에게 자연스럽게 넘겼다.

그리고 급히 안으로 들어갔다.

내가 뭘 만든 거지?

이거…… 생각과 다르게 더 엄청난 걸 만든 것 같다.

* * *

도구를 통해서 이런 건 또 처음이다.

'그러네, 내 손으로 직접 만든 도구를 쓴 적은 없으니까.'

할아버지가 직접 만들었거나 미리 사 둔 것들을 썼다.

전에도 느꼈지만, 호랑이 쉼터에는 없는 게 없는 편이었다.

원래 목수 일을 하셨을 때도 그러셨다. 장비의 풀소유

를 지향하는 할아버지의 성향을 생각하면 당연했다.
 그래서 참 편하게 써 왔는데…….
 내가 만든 장비를 쓰니 완전 다른 현상이 일어났다.
 아, 물론 나무 아래 그늘 쉼터의 테이블과 의자도 내가 만들긴 했다.
 그때는 그게 새로운 쉼터가 생겨서 만들어진 효과라고 생각했는데…….
 '꼭 그건 아니었던 건가.'
 내 착각이었던 모양이다.
 이걸 보면 말이다.

 [수제 스탠드형 원두 그라인더]
 *제작자
 ―미확인
 ―재가공 : 천유진
 *효과
 ―증폭 및 강화

 내가 직접 재가공한 물건에도 효과가 생겼다.
 아까 그 공명은 이 효과 때문에 그렇게 느껴졌던 거였다. 아우라가 증폭, 그리고 강화가 됐으니까.
 '음, 좀 더 다양하게 써 보기도 해야겠네.'
 물론 이 능력들을 가지고 다른 걸 할 생각은 없었다. 원두 그라인더처럼 카페에서 쓰는 데 도움이 될 것들을 좀 더 찾아보는 것도 좋겠다는 생각이었다.

이렇게 숨어 있는 재능들을 그냥 썩힐 순 없지.

"지금처럼 하나씩 하지 뭐."

급할 건 없었다.

10년이라는 시간이 있고, 또 어쩌면 그 이상의 시간도 있을 수 있는 거니까.

우선은 수아에게 줄 민트 초코 프라푸치노부터 만들었다.

"다했어?"

"네! 재밌어요! 이걸로 그럼 커피 내리는 거예요?"

"그런 셈이지."

"오! 대박! 그럼 지금 한 번 내리면 안 돼요?"

"왜? 마셔 보게?"

"네!"

"안 돼."

"왜요?!"

"더 크면 마셔."

카페인이나 커피의 성분 중에는 성장 발달에 방해되는 요인들도 있으니까.

뭐, 사실 쑥쑥이의 원두라면 그 이상 좋은 효능들이 많아서 마셔도 괜찮지 않을까 싶긴 하지만, 그래도 굳이 그런 것을 미리 먹을 필요는 없겠지.

지금 먹는 민트 초코 프라푸치노 같은 음료수에도 비슷한 효과는 있으니까.

그러니.

"아이돌 되려면 키도 커야지."

"앗! 저 우리 반에서는 큰 편이거든요?!"

"아직 한참 커야 될 것 같은데?"

"우씨! 아저씨가 큰 거지 제가 작은 게 아니라고요!"

팔짝팔짝 뛰면서 발을 동동 구르는 수아의 모습에 피식 웃음이 나왔다.

왜 이렇게 수아를 놀리고 있으면 힐링이 되는 것 같지?

나무를 깎고 만드는 것도 좋은 휴식이었는데, 이건 또 다른 휴식인 듯했다. 물론 삐지기 전까지 적당히 해야겠지만.

"아 참, 너 예전에 여기 할아버지 있을 때 경찰 아저씨 본 적 있어?"

"앗! 그 아저씨들! 민트 보고 자꾸 치약이라던 아저씨들 맞죠!?"

"맞아. 아나 보네."

"그 아저씨들 왔었어요?"

"어. 오늘 오후에 왔다가 갔어."

다행히 삐지기 전에 화제를 돌렸다. 그리고 역시 그 경찰분이 얘기한 꼬마는 수아였다.

"우리 마을까지 순찰 도는 아저씨들이에요. 그래서 가끔 할아버지가 있을 때 여기도 들르고 했어요. 맨날 치약 먹냐고 놀렸지만."

"아저씨들? 아, 그땐 신입 경찰분이 아니었구나?"

"엥? 신입이요?"
"오늘 보니까 옆에 신입 경찰분이랑 왔던데?"
"앗! 진짜요? 원래는 아저씨 둘이었는데. 그럼 둘 중 누구지?"
그사이 신입이 와서 파트너가 바뀌었나 보다.
"어떻게 생기셨어요? 한 분은 되게 아저씨 같고, 또 다른 한 분은 이장님 같았는데."
"응? 나? 이장님?"
뭐지? 오늘 온 사람은 나랑 닮지 않았는데?
하지만 그렇다고 이장님을 닮은 것도 아니었다.
"내가 어떤데?"
"음…… 기존쎄!"
"……그건 또 뭐야?"
"기가 엄청 세 보인다는 거죠. 이거 봐 봐요. 이게 바로 기존쎄고, 이게 유리 멘탈이에요."
"반대 아냐? 이 사람이 더 세게 꾸몄고, 저 사람은 부드럽게 생겼는데?"
"놉!"
수아가 보여 준 사진을 보니 반대로 말하는 것 같아서 그렇게 물어보니, 아주 단호하게 아니란다.
부드럽게 생긴 사람이 왜 기가 세다는 거지?
"잘 생각해 보세요. 이렇게 생긴 사람들, 그러니까 아저씨 같은 분들은 누가 뭐라고 해도 뭐래~ 하고 넘어가는 사람들이죠?"

"뭐, 대체로 그런 셈이지."
"근데 이렇게 세게 꾸민 사람들은 뭐라 하면 어떻게 하게요?"
"……달려들어?"
"정답! 그럼 이걸 강아지로 표현하면 이렇게 되죠!"
"아."
강아지를 보니 바로 이해됐다.
하나는 헤헤 웃는 대형견.
다른 하나는 딱 봐도 사납기 짝이 없어 보이는 표정의 치와와였다.
느낌이 팍 왔다.
그렇다면 수아가 말하는 경찰 아저씨는…….
"기가 강하신 분 같은 느낌이네."
"앗! 그 아저씨예요? 히히!"
"응? 왜 좋아해?"
"그 아저씨는 가끔 음료 사 주거든요."
왜 누가 왔는지 물었나 싶었더니, 그래서였냐?
민트로 놀리는 건 못 참지만, 그래도 먹을 거 사 주는 사람은 착한 사람이라는 건지.
아무튼 귀여운 녀석이다.
"그러냐. 아무튼 신입 경찰분하고 왔는데, 그 신입 경찰분도 민트 초코 프라푸치노 마시더라?"
"오오! 맛잘알!"
요즘 애들은 말 줄임도 신통방통하게 하는구나. 처음

듣는 것 같은데 뜻은 알 것 같다.

그리고 그렇게 피식 웃음이 새어 나오는 수아와의 수다가 이어졌다.

사실상 하루 중 제일 재미있는 시간이었다.

* * *

다음 날.
수아의 수다로 어제는 마감했다.
그리고 약속대로 아침 일찍 나와서 한송이의 집 쪽으로 걸어가려는데.
"사장님~!"
"어? 벌써 나오셨네요?"
한송이와 김하나가 이미 이쪽으로 걸어오고 있었다.
밤새워 놀은 게 아니라 일찍 잤나?
둘 다 아주 생생한 느낌이다.
얼굴도 살짝 통통 부어 있는 게 푹 자고 일어난 듯.
"잘 주무셨나 봐요?"
"음. 잘 잔 건가? 잠, 자체는 엄청 개운하게 잤는데 사실 몇 시간 못 잤어요."
"그래요?"
"낮에 자기도 하고 커피도 마셔서 그런가? 쩝…… 근데 왜 또 마시고 싶지?"
김하나가 입맛을 다시며 말했다.

그 모습에 괜히 또 뿌듯해졌다.

"속은 안 쓰리세요?"

"네. 괜찮은데요? 송송 넌 어때?"

한송이도 속은 괜찮다고 한다.

보통 커피를 너무 많이 마시면 속이 쓰릴 수 있는데 쑥쑥이의 원두는 그것도 아닌 듯했다.

다행이네.

"그럼 걸을까요?"

같이 카페 쪽으로 걸어 나갔다.

아침 산책을 같이 할 수 있는 동네 동생이 생기니 이건 또 새롭네.

'도시였으면 다 나 몰라라 하고 혼자 다니기 바빴을 텐데.'

그게 편하기도 하고 말이지.

괜히 서로의 안부를 묻는 스몰 토크가 되레 불편하다고 느꼈는데, 여기선 아니었다.

"저번에 두 분이 같이 작업을 하시는 게 있다고 들었는데, 그건 어떻게 되고 있나요?"

"오오~ 진짜 섬세하시네요. 그런 것도 다 기억하고. 이제 준비는 다 끝나 가는 것 같아요. 송송이 웹툰을 연재하면 딱 맞을 것 같은?"

"아! 그럼 웹툰 연재도 곧 시작이신 건가요?"

김하나의 말에 한송이를 보니 고개를 끄덕였다.

그런데 신기한 점이, 원래 나랑 있을 땐 한송이가 말을 주로 하는데 지금은 김하나가 주로 하고 있다는 것이다.

'원래 저런 성격이었지.'

첫 이미지는 그랬었다. 그래서 여기 온 뒤로 좀 달라졌나 싶었는데, 그게 아니었던 모양.

같이 있는 사람에 따라서 바뀌나 보다.

그렇다고 불편하거나 그런 것 같진 않았다. 오히려 열심히 말하는 김하나를 보는 한송이의 모습은 편해 보였다.

뭐, 그러면 큰 문제는 없을 듯했다.

'문제는 무슨, 꼭 든든한 언니 옆에 붙은 동생 같네.'

부러운 모습이었다.

어제 배준호와의 얘기 덕분에 더 그런 느낌이었다.

피를 나눈 형제나 자매, 남매…….

"아차차! 로고 최종본 나왔어요."

"어? 벌써요?"

"그럼요. 물론!…… 최최종본이 있겠지만."

"음. 최최최종본도 있을지도?"

"설마 진짜 최종본까지는 안 가겠죠?"

"에이, 설마요. 진짜 진짜 최종본까지는 봤네요."

"오~ 아직 찐! 최종본까지는 못 보셨다니 안심이네요."

김하나의 말에 내가 먼저 픽! 웃어 버렸다.

업계는 달라도 클라이언트에게 시안을 검토받고 또 수정해야 하는 건 같아서 그런가?

근데 한송이는 공감을 못 하는 듯 고개만 갸우뚱하고

있었다. 보통 웹툰도 이런 거 수정을 많이 하지 않나?

"그런 눈으로 보지 마세요. 쟤는 그냥 천재라서 그런 거 없거든요."

"아."

"아예 그런 허점을 만들지 않게 애초에 완벽하게 만드는 애라고 해야 하나?"

음, 그렇구나. 부럽네.

순수한 표정으로 고개를 갸우뚱하지만 역시, 범상한 사람은 아니었다.

"아니야~ 나도 수정하거든?"

"아니긴. 왜? 또 머릿속으로 다 하고 한다고 말하려고?"

"진짠데 그거."

"네네. 그러시겠죠. 우린 그걸 보통 천재라고 부른답니다?"

한송이의 항변에 김하나의 반격을 듣다 보니 둘의 성향을 알겠다.

김하나는 일단 뭐든 하고 보는 스타일. 그리고 한송이는 머릿속으로 완벽하게 다 짜 놓고 내뱉는 스타일이었다.

'그래서 둘 다 처음 호랑이 쉼터에 왔을 때 그런 모습이었구나.'

김하나는 하고 싶은데 못해서.

한송이는 완벽하게 짜이지 않는 것에 대한 고민으로.

성향마다 고통을 겪는 것도 조금 다르다는 사실을 깨달았다.

이 내용은 앞으로 손님들을 보는 데 조금 도움이 될지도.

'나는 굳이 따지면 김하나 쪽인가.'

그리고 나에 대한 것도 조금은 알 수 있었다.

회사 다니면서 하지 못한 것들을 퇴사한 후 이렇게 펼치면서 삶이 바뀐 셈이니.

"어? 벌써 다 왔네요."

그렇게 수다를 떨며 걷다 보니 금방 마을과 카페를 잇는 다리에 도착했다.

그런데.

왕왕!

"응? 백구?"

어디서 백구가 갑자기 달려왔다.

목줄은 당연히 이선아가 잡고 있었다.

쟤도 아침 산책을 하나 보다.

'그러고 보니 쟤는 무슨 성향이려나.'

그건 모르겠고 지금 몹시 혼이 나간 상태인 건 알겠다.

백구에게 영혼이 빨린 느낌으로 산책 중인 것 같은데…… 이쯤 되면 백구가 이선아를 산책시키는 거 아닌가?

"커피 한 잔 마시고 갈래?"

"……응."

결국 이선아도 같이 가기로 했다.

다행히 백구는 한송이와 김하나에게 둘러싸여 예쁨을 받고 있었다.
 그렇게 늘어난 멤버로 카페로 향하는데…….
 "앗! 여기서 다 뭐 해요? 나만 빼고!"
 학교 가려고 나온 건지 수아가 달려왔다.
 심지어 여기서 끝이 아니었다.
 "사장님. 저기 사람 있는 것 같은데요?"
 "응?"
 카페로 올라가는 오솔길에 사람이 있다는 말에 자세히 보니 진짜 그랬다.
 우리 카페가 오픈런 할 정도는 아닌데…… 아!
 누군가 했더니 시아 아버지, 정성훈 씨였다. 아마 또 근처에서 퇴근하고 카페에 들러서 시아 줄 빵이나 마실 걸 사려 했던 모양이다.
 나야 당연히 환영인데…….
 "오잉? 아저씨다. 아저씨이이~!"
 수아도 정성훈 씨를 아는지 발견하자마자 누가 보면 딸인 줄 알 정도로 반갑게 달려갔다.
 오늘 뭔가 묘한 느낌인데.
 그렇게 처음으로 아침부터 붐비는 와중에 카페의 문을 열었다.
 이건 오늘의 시작이었을 뿐이라는 건 아침에 왔던 이들이 돌아간 뒤에야 알 수 있었다.
 딸랑~ 딸랑~

오늘따라 문이 밝고 힘차게 열렸다. 그것도 몇 번이나 자주…….

신기한 일이었다.

아침에 왔던, 나름 단골이라면 단골이던 이들이 모두 돌아간 뒤 얼마 지나지 않아서 손님이 왔다.

딱히 찾아서 온 건 아니고 읍내로 출근을 하는 직장인이었다.

가다가 우연히 간판을 발견했단다.

그리고 아침에 왔던 이들이 내려가는 모습을 보고 혹시나 해서 열었는지 묻고 올라온 거라 했다.

'딱히 상태가 나쁜 사람은 아니었지.'

어제 왔던 경찰들이랑 비슷한 상태였다. 좋지도 나쁘지도 않은.

그저 출근길에 커피나 마시려고 온 그런 사람이었다.

사실 그게 이상한 일은 아니었다. 원래 카페라는 곳이 그런 곳이니까.

그럼에도 낯선 건 오늘따라 그런 사람이 한둘이 아니라는 거였다.

그 뒤로도 종종 사람들이 찾아왔다.

"와~ 여기 좋네!"

"그러게. 이런 곳이 있었어?"

우연히 지나가던 사람도.

"검색으로는 별로 정보가 없어서 걱정했는데, 생각보다 더 괜찮은데?"

나를 찾아서 온 사람도 있었다.
그렇다고 막 사람이 붐비는 건 또 아니었다.
적당한 간격으로, 가끔은 사람들이 겹치긴 해도 자리는 넉넉했다.
그리고 다들 각자 편하게, 혹은 음료만 즐기고 떠났다.
딱 시골에 있는 카페에서 일어날 수 있는 그런 일상이었다.
그런데 정말 평범하면서 낯설다는 느낌이 자꾸 들었다.
'왜지?'
이런 변화에는 분명 이유가 있을 듯했다.
보통 카페라도 그럴진대, 여기 호랑이 쉼터라면 더욱.
혹시, 어제의 변화와 관계가 있을까? 터주라는 사실을 알게 되고, 또 아우라로 벽을 깨고 나온 듯한 경험도 했다.
그게 지금 일어나고 있는 일과 관계가 있는 걸지도?
딸랑~ 딸랑~
또 문이 열리고 손님이 왔다.
그리고 그렇게…… 며칠이 지났다.

* * *

적응은 금방 됐다.
사실 적응이라고 할 것도 없었다.
오히려 고민 없이 주문하는 메뉴를 만들어 주면 되니까 일은 쉬워졌다.

물론 그렇다고 대충하진 않았다.

손님이 많이 온 덕분에 오히려 레시피북을 만드는 데 집중을 할 수도 있었으니까.

커피를 주문하는 손님들에겐 항상 물어보면서 원두의 블렌딩을 연구할 수 있었다.

다들 조금씩은 다른 취향들을 가지고 있어서 할 수 있는 일이었다.

한송이와 김하나의 성향과 취향이 다르고, 또 이선아는 다르듯.

손님들도 그랬다.

"가벼운 거 좋아하시면 바디감이 가벼우면서 과일 향이 나는 건 어떠세요?"

"아, 저 신맛은 안 좋아해서요."

"그러세요? 그럼 신맛을 누르는 곡물 향을 섞어서 만들어 드릴게요. 그럼 신맛은 덜하고 조금 고소한 맛이 느껴지실 거예요. 그건 괜찮으실까요?"

"네!"

이렇게 다들 달랐다.

과일 향은 좋지만, 신맛은 싫은 사람.

과일 향은 별로지만 신맛은 또 괜찮다는 사람.

아예 완전 다크 로스팅해서 거의 사약처럼 만들어 달라는 사람도 있었다.

강한 로스팅 향과 우디 향을 좋아하는 사람이었다.

그렇게 커피를 주문하는 사람마다 추천하고, 또 물어보

면서 정보를 쌓았다.
'참 신기해.'
이게 또 이렇게 하다 보니 적응이 됐다.
재미도 있고.
그렇게 또 다른 일상에 적응해 갈 무렵.
딸랑~
낯익은 손님이 찾아왔다.
어디서 본 것 같은데 어디서 봤더라?
'아! 신입 경찰.'
제복을 입고 있지 않아서 몰라볼 뻔했다. 최근 손님들도 잦아서 더 그랬는데 다행히 기억이 났다.
그런데 그때는 분명 상태가 좋았던 것 같은데……
'그새 무슨 일이 있어서 상태가 저렇게 된 거지?'
시커먼 먹구름처럼 칙칙한 아우라를 품고 들어온 신입 경찰은 얼굴도 거무죽죽하게 죽어 있었다.
그동안 무슨 일이 있었던 걸까?
선배 경찰도 없이 혼자 사복을 입고 온 걸 보면 근무 중은 아닌 것 같은데.
"어서 오세요~"
다행이라고 해야 할지.
마침 방금 온 신입 경찰 손님 말고 다른 손님은 없었다. 덕분에 저기에 집중을 할 수 있을 듯했다.
인사를 하자 깜짝 놀란 표정으로 눈이 마주쳤다.
아는 척을 할까 하다가 말았다. 딱 봐도 혼자 있고 싶은 표정이었으니까.
 자리부터 찾는 것 같으니 우선 상태부터 자세히 살펴보기로 했다.

[이서준]
*상태
―충격적인 경험으로 약한 외상 후 스트레스 장애
―우울

 어? 이건 진짜 상태가 안 좋은데?
 기존에 상태가 안 좋았던 사람들과 조금 결이 다른 안 좋은 상태였다.
 충격적인 경험이라…….
 직업인 경찰 특성상 별의별 일을 다 겪을 테니 당장 짐작 가는 건 없었다.
 '마음 안정이 일단 필수겠네.'
 지난번에 저 손님이 주문했던 메뉴를 떠올렸다.
 수아와 같은 민초파였기에 어렵지 않게 생각이 났다.
 그렇다면…… 추천 메뉴로 좋은 게 있었다.
 바로 카운터의 메뉴판을 수정했다.

[민트 라테]

 프라푸치노가 아니라 그냥 라테였다. 샷도 추가할 수

있어서 효과를 넣기엔 더 용이했다.

"어, 저기, 주문...... 음?"

마침 자리를 정했는지 주문을 하기 위해 손님이 다가왔다.

그리고 생각했던 메뉴를 말하려다가 추천 메뉴판을 보고 고민을 한다.

얼른 매력 효과와 금생의 재능으로 추천 메뉴를 강화했다.

그러자,

"......민트 라테? 이거 시원하게도 되나요?"

"그럼요. 시원하게 드릴까요? 들어가는 커피도 고를 수 있는데 어떤 게 좋으실까요?"

"커피요? 아, 샷...... 그냥 아무거나.......^"

제일 어려운 주문, '아무거나'가 나왔다.

하지만 당황하지 않았다.

이미 이런 주문을 한 사람들을 몇몇 봤다.

이런 사람들의 특징도 분석해 봤다. 당연한 말이지만 보통 커피에 대해서 큰 관심이 없는 부류였다.

아마 지금 이 손님도 비슷한 것 같은데 거기에 하나가 더 추가된 상태일 수도 있을 것 같았다.

바로 무기력.

정말 아무 생각이 들지 않는 거다.

우울이라는 상태와 함께 찾아오는 거니 어렵지 않게 짐작이 됐다.

그리고 여기서 해야 할 말도.

"그럼 민트 라테에 어울리는, 과일 향에 비스킷 향이 나는 원두로 만들어 드릴게요."

"아! 네. 그렇게 주세요."

"음료 만들어지면 부를 테니 자리에 편하게 가서 기다리시면 됩니다. 혹시 야외에 가실 건가요?"

"아뇨……."

"네. 그럼."

자리로 돌아가는 손님의 태도를 유심히 살폈다.

혼자만의 시간을 가지고 싶지만, 그렇다고 진짜 혼자인 건 싫은 느낌?

도대체 뭘 경험했길래 저런 걸까.

'랑아, 저기 손님한테 가.'

왜앵~?

'간식 줄게. 자.'

왱~

궁금했지만, 묻지는 않았다. 대신 랑이를 간식으로 꼬드겨서 손님 주변을 어슬렁거리게 했다.

내가 주방으로 들어가면 혼자가 되니 랑이라도 있게 할 속셈이었다.

간식을 몰래 손님 주변으로 조심스레 던져 주자 단순한 랑이는 바로 뛰어갔다.

랑이의 성격상 아마 안 돌아오고 저기서 간식을 더 기다리거나, 더 안 주면 그냥 그대로 드러누울 가능성이 높

앉다.
 여름이 되면서 유독 더 게을러진 녀석이니까.
 그리고 아니나 다를까.
 털썩!
 간식을 먹은 뒤 누워서 이쪽을 본다.
 건식 간식을 하나 더 녀석 앞으로 소리 나지 않게 슬쩍 던져 주고는 주방으로 들어왔다.
 '자, 그럼 민트에 안정 효과를 강화하고, 또 뭐가 필요할까.'
 외상 후 스트레스 장애는 어떻게 접근해야 할지 고민이다.
 잘 알지 못하니까 더 조심스럽기도 했다.
 물론 카페에서 할 수 있는 최선은 역시 편하게 쉴 수 있는 환경을 만들어 주는 거라는 건 변함이 없었지만.
 '그나마 약하게 증상이 있다는 게 다행인가.'
 음…… 아니지. 딱히 다행이라고는 말할 수 없을지도.
 약하든 강하든 아픈 건 똑같지 뭐.
 저건 아무래도 조금 심화가 된 상태냐 아니냐로 생각하는 게 나을 듯했다.
 깊지 않은 관계로 호전이 될 가능성이 높다 정도?
 그렇게 생각하면 다행이긴 하네.
 아무튼.
 우선 텃밭에 나가 민트부터 땄다.
 샤라랑~

텃밭에서 놀고 있던 아우라들이 내가 나오자 주변으로 날아와 장난을 쳤다.

머리카락 속을 들어갔다 나왔다.

민트를 따는 손을 타고 달리기도 하고 바지에 매달려 있기도 했다.

웃긴 녀석들이었다.

원래는 조율을 써야 이런 모습을 볼 수 있었는데 이제는 그냥 평소 모습이 이랬다.

특히, 유난히 내 어깨를 좋아하는 녀석은 브라우니와 함께 거의 카페에 출근과 무섭게 붙어 있다고 보면 됐다.

다른 아우라들도 각자 자기 성향에 맞게 놀았다.

춤추는 걸 좋아하는 아우라와 장난치길 좋아하는 아우라는 볼 때마다 그러고 있었고, 혼자 있길 좋아하는 아우라는 텃밭을 거닐거나 쑥쑥이 근처에서 사색을 즐겼다.

'덕분에 작물들이 너무 잘 자라네.'

잡초도 같이 자라는 게 문제긴 하지만.

지금은 보이는 잡초에 살짝 흐린 눈을 하고 안으로 들어가려다가.

"아! 너희 나 좀 도와줄래?"

샤라랑~?

아우라들에게 부탁을 하나 했다.

혹시 손님 주변에 있을 수 있냐고.

아우라들이 이렇게 된 뒤로는 상태가 안 좋은 손님이 오지 않아서 해 보지 않은 일이었다.

그런데 이번 손님에겐 아무래도 아우라들의 좋은 기운이 필요할 듯했다.

샤라랑~

다행히 성격이 제각각이지만 아우라들은 내 부탁을 잘 들어줬다.

그렇게 랑이에 이어서 또 아우라들에게도 부탁을 한 뒤 주방으로 다시 돌아왔다.

슬쩍 보니 손님은 창밖을 멍하니 보고 있었다.

'다른 뭔가를 하질 않네.'

그저 생각에 잠겨 있는 모습이다.

무슨 생각을 하고 있는 걸까?

아!

몰입을 한 번 써 보는 것도 나쁘지 않을 듯했다.

바로 손님을 보며 '몰입'을 사용했다.

그런데.

"어?"

뭐지? 아무 일도 일어나지 않았다.

보통 몰입을 쓰면 아우라들로 이뤄진 세상 속에서 손님의 기억이 재생되는데…….

설마 몰입에도 제한이 있는 걸까?

그래. 모든 재능에 제한이 없을 순 없지.

마침 지금 손님의 상태는 충격적인 경험으로 그 기억을 떠올리고 싶지 않은 상태였다.

몰입이 안 통하는 이유로 딱 맞아떨어졌다.

'으음, 쉽지 않네.'

처음 몰입이 통하지 않아서 살짝 당황하긴 했지만 빠르게 포기했다.

무리하게 뭔가를 시도하는 것보단 더 조심스럽게 다가가야 될 듯했다.

그러니 일단, 텃밭에서 놀던 아우라들이 손님 주변에 머무는 것까지만 지켜봤다.

그러고 나서 바로 시선을 뗐다.

지금은 할 수 있는 것에 집중해야 했다.

그건 음료를 만드는 거였다.

민트 라테는 생민트와 민트차를 우린 물을 동시에 쓸 거다.

그래서 민트 차도 필요한데, 텃밭에서 나는 민트는 페퍼민트 계열임에도 단맛이 좋아서 차를 우려도 그 단맛이 잘 우러나왔다.

그래서 밀크티 용으로 찻잎으로 말린 둔 게 있었다.

우선 뜨겁게 데운 우유에 찻잎을 넣고 우렸다. 생민트도 넣기 때문에 오래 우릴 필요는 없었다.

이제 우린 우유를 차게 식힌다.

당연한 말이지만 얼음을 넣으면 우유의 농도가 줄어든다. 그렇기에 얼음과 차가운 물을 섞은 볼에 넣고 티를 우린 우유를 식히는 게 더 맛있었다.

이것도 뭐 취향은 있겠지만.

아마 메뉴에 관한 대화를 더 나눴다면 이것까지 얘기했

을 거다. 하지만 이번엔 그러지 않았으니 기본으로 했다.

그렇게 빠르게 우유를 식히는 사이 생민트는 잘게 썰었다.

믹서기로 갈아도 되지만 이미 우유에 민트 향이 진하게 우러났다.

그래서 이건 조금 가볍게 향을 느낄 수 있도록, 텃밭의 민트 특유의 오동통한 씹는 식감을 위해서 손으로 잘게 썰었다. 그리고 또 조금은 으깼다.

마지막에 위에 장식으로 올릴 민트 잎 두 장만 남기고 그렇게 썬 뒤.

이제 원두를 블렌딩했다.

아까 말한 취향을 그대로 반영해서 조금 가볍게. 하지만 신맛은 없게.

약배전과 중배전의 쑥쑥이 원두를 중심을 배합하고, 강배전으로 마지막을 채웠다.

그리고 마감까지 다 끝낸 스탠드형 핸드 그라인더에 넣고 갈기 시작했다.

바삭! 바삭!

말소리도 없는 조용한 카페를 울리는 은은한 음악 소리와 함께 원두가 갈리는 소리가 퍼졌다.

아우라들이 그 소리에 맞춰서 은은하게 움직였다.

그러자 손님의 시커먼 아우라도 조금 흔들렸다.

'어? 혹시 지금이라면…….'

아까 실패했던 몰입이 될 것 같은 느낌이 왔다.

지체하지 않고 바로 시도했다.

* * *

몰입으로 만들어진 아우라의 세상.

그런데 그 아우라로 이뤄진 세상이 점점 현실처럼 변했다.

전보다 더 생생해진 느낌이었다.

여전히 꿈처럼 몽환적이긴 했지만 뭐라고 해야 하지, 섬세함이 달라진 느낌이라고 해야 하나?

마치 얼버무린 그림체 같았던 세상에 제대로 된 선이 그어진 것 같았다.

'이것도 성장의 영향인가?'

그러지 않고서야 갑자기 이렇게 바뀔 일은 없었다.

덕분에 내용을 알아보기엔 좀 더 좋았다.

이 순경과 그의 선배 경찰이 차에 탄 모습이 보였다.

순찰을 돌고 있는 걸까?

운전하는 선배 경찰의 모습을 보니 어쩐지 조금은 서두르는 느낌이었다.

그렇다면 그냥 순찰은 아니고, 현장으로 가는 중일 수도 있겠다.

보조석에 탄 이 순경의 모습을 보니 조금 경직되고 긴장된 상태.

"긴장 풀어요."

"예!"

이 순경을 힐긋 본 선배 경찰이 한마디 했지만, 그걸로 풀릴 리가…….

어쩔 수 없다는 걸 아는 선배 경찰은 다시 운전에 집중했다.

그리고 곧 도착한 곳은 어느 시골의 마을에 있는 집 앞이었다.

차에서 내린 둘은 그 집의 벨을 울리고, 육성으로도 몇 번 불러보더니 인기척이 없자 이내 문을 열고 들어갔다.

찰칵!

열린 문 안의 풍경은 고요했다.

아무런 움직임도 느껴지지 않는 정적인 공간.

그때, 이 순경에게서 묘한 감정이 느껴졌다.

그건 어떤 낯선 것에서 오는 두려움과 공포였다.

'감정도 느껴지는 건가?'

이것도 이전 몰입 재능에서는 없었던 능력이었다.

물론 예전에도 상태를 보고 어느 정도의 심리는 짐작이 됐다. 하지만 이렇게 느껴지는 처음이었다.

아무래도 몰입의 능력이 강화된 건 확실한 듯했다.

그나저나 이 순경의 감정은 점점 더 불안함으로 가득 찼다.

무슨 현장인데 저러는 걸까?

나에게도 그 긴장감이 전달되는 듯했다.

대문 안에는 작은 마당이 있었다.

그런데 묘하게 관리가 안 된 느낌이었다.

듬성듬성 자란 잡초, 여기저기 방치된 도구들.

시골에 살다 보니 보이는 것들이었다.

아마 도시에서 살다가 왔다면 그냥 평범한 시골 풍경이라고 느꼈을지도.

사람이 살지 않는 곳은 아닌 것 같은데 왜 관리가 안 된 거지?

달칵!

그때 앞서가던 선배 경찰이 건물의 문을 열었다.

그리고 안으로 조심스레 들어갔다.

"김덕수 씨 계십니까?"

"김덕수 씨?"

이 순경도 따라 들어가며 선배 경찰과 함께 집 안쪽의 반응을 살폈다.

그러나 대답은 없었다.

결국 완전히 안쪽으로 들어선 둘은 이내 열린 방문을 발견하고 조심스럽게 문을 열었다.

그리고 그 순간 이 순경에게서 느껴지는 감정이 폭발하듯 느껴졌다.

그건 뭐라고 설명할 수 없는 감정이었다.

두려움 같기도 하고 회피하고 외면하려는 것 같기도 했다.

또한 그것을 정면으로 보려고 이겨 내려는 듯한 감정도 있었다.

그러나 그게 어디 쉽나.

결국 이 순경은 감정의 회오리 속에서 도망치듯 방을 박차고 나가려고 했다.

"참아. 이런 게 우리 일이야."

하지만 선배 경찰이 그런 이 순경을 잡았다.

그곳엔 원래 그에게서 보이던 시종일관 부드럽고 능글능글하던 모습은 없었다.

이 순경의 앞에는 굳은 눈빛을 가진 다부진 경찰만 있었다.

그는 이 순경이 나가지 못하게 한 번 강하게 잡은 뒤.

"앞으로 네가 이 일을 할 거면 계속 겪어야 될 일이야. 지금 네가 피하고 외면하면 누가 대신 할 거야?"

"죄, 죄송합니다."

"도망가고 싶어서도 참아. 아무것도 안 해도 되니까 거기 있어. 그리고 거기서 봐."

선배 경찰은 굳은 목소리로 말하며 주변을 수습하기 시작했다.

방안에는 노인이 한 명 누워 있었다.

그는 사람이 집에 들어왔음에도 미동도 없었다.

고독사였다.

시골에서는 물론 도시에서도 종종. 아니, 꽤 많이 일어나는 일 중 하나였다.

전화를 안 받길래 바로 왔는데…… 이런 일을 막기 위해서 이런저런 일을 하는데도 쉽지는 않다.

2장 〈125〉

선배 경찰이 빠르게 무전으로 상황을 정리한 뒤, 주변을 확인하며 수습하였다. 혹시 모르니 우선 현장을 봉한 뒤 정리를 시작했다.

나도 기분이 묘해졌다. 조심스럽고 또 조심스러운 모습.

'할아버지도……'

스르륵!

몰입은 거기서 끝났다.

다시 현실의 풍경이 눈에 들어왔다.

여전히 멍하니 있는 이 순경, 아니 손님의 모습이 보였다.

과연, 뭘 고민하고 있는 건지 이제 알 것 같았다.

사람이 죽어 있는 모습을 본다는 건 확실히 충격적인 일이다.

비록 몰입 속에서 본 고인은 조용히 잠을 자다가 떠났지만, 그게 충격을 덜어 주진 않았다.

그건 어떤 미지의 영역을 마주한 것과 같았다.

죽음이란 것을 말이다.

그건 일상에서는 쉽게 느낄 수 없는 것이었다.

물론 아닌 사람도 있겠지만 적어도 이 순경이라는 사람에겐 그랬다. 그리고 그에게 이런 고뇌를 주는 이유는 이것도 그가 겪어야 할 일이라는 것이다.

아마 앞선 고민보다 이게 더 클 것이다.

'과연 이 일을 계속할 수 있을지 고민이 되겠지.'

막연하게 본인의 직업상 해야 할 일을 아는 것과 막상 닥쳤을 때의 느낌은 다른 거니까.

텍스트창에 약한 PTSD라는 건 그래서인 듯했다.

분명 현장의 모습에 충격을 받은 건 맞았다.

하지만 이 순경도 이런 일을 언젠가는 해야 함을 알고 있었을 거다.

진작 교육받고 시험도 치고, 훈련도 받았을 테니.

하지만 지금 저 상태의 근원은 PTSD보단 역시 미래에 대한 막연함이 아닐까.

이번엔 오래 지나지 않았는지 험한 꼴이 아니었지만, 다음엔 험한 꼴을 볼 수도 있었다.

그 사실이 현장에서 확 와닿았을 것 같았다.

'신입 땐 꼭 경찰이 아니어도 그렇지.'

직업마다 정도의 차이는 있겠지만 아마 다들 해 보는 고민일 것이다.

그러니 내가 여기서 할 수 있는 건…… 응원이다.

이제 막 시작한 사회 초년생에게 뭘 해 줄 수 있을까. 힘내라고 하는 게 전부지.

앞으로 아마 더한 일도 겪고 또 부딪칠 텐데 그건 이쪽이 대신 할 수 없는 거니까.

그라인더로 갈고 있는 원두에 그런 효과를 담기로 했다. 역발산기개세를 비롯한 힘을 줄 수 있는 효과들.

외유내강, 끈기 등등 토생의 재능들을 담았다.

그리고 그렇게 담은 원두로 천천히 드립을 했다.

급할 건 없었다. 이 순경은 당장 떠나지 않을 테니.

그런데 그때.

"어?"

공터를 가로질러 걸어오는 사람이 있었다.

또 다른 손님인가 싶었는데, 자세히 보니…… 선배 경찰이었다.

그 역시 사복을 입고 온 걸 봐선 근무 중인 건 아닌 듯한데.

저쪽도 혹시 고민이 있는 건가?

그러기엔 아우라는 아직 평온해 보였다.

딸랑~ 딸랑~

문을 열고 들어왔다.

그리고 이미 밖에 창문으로 봤는지 곧장 이 순경에게 다가갔다.

그는 그제야 선배가 다가온 것을 깨달았는지 당황하면서 일어났다.

"어? 아, 안녕하십니까!"

"됐어. 뭘 그렇게까지 소리 내요? 그보다 여기서 청승맞게 뭐합니까? 휴가를 썼으면 좀 재밌는 곳에 안 가고."

"그게……."

"아, 하긴 여기 주변에 갈 곳이 그렇게 많진 않죠? 그나마 여기가 좋긴 해요. 하하, 잠깐만요. 나도 주문 좀 하고."

혼자 있는 시간이 필요한 이 순경에게 웬 불청객인가

싶지만, 꼭 그렇게만 볼 수는 없는 듯했다.

왠지 저 선배 경찰도 응원하려고 온 것 같으니까.

"어서 오세요."

"예, 안녕하세요. 혹시 저 친구 뭐 주문했습니까?"

"민트 라테 주문하셨어요. 같은 걸로 드릴까요?"

"으음. 민트라……."

"별로시면 그냥 라테로 드릴까요?"

"아닙니다. 그거로 주세요. 한 번 먹어 보죠, 뭐. 먹다 보면 또 거기에 매력이 있지 않겠습니까? 하하!"

"그럼요. 한 번쯤은 드셔 보셔도 좋죠. 그럼 같은 걸로 드리겠습니다. 원두는 어떤 게 좋으실까요?"

"아주 쓰게 주십쇼."

선배 경찰 손님의 주문에 피식 웃었다.

수아가 했던 말이 생각나서였다.

기존쎄라고 했든가? 웃는 얼굴이지만 그 안은 단단한 사람.

딱 적당한 표현이었다.

아까 이 순경의 몰입으로 본모습이 떠올랐다.

그리고 지금도.

굳이 취향도 아닐 민트 라테를 먹겠다는 모습에 문득, 이 순경은 꽤 좋은 상사를 둔 것 같다는 생각이 들었다.

"네. 그럼 음료 완성되면 부르겠습니다."

"예~ 알겠습니다."

선배 경찰은 다시 이 순경에게 가고, 나는 주방으로 들어왔다.
 원두를 새로 갈고 또 하나의 민트 라테를 만들었다.
 같은 민트 라테지만 그 안에 들어간 건 다르다.
 하나는 오랜 시간 공들여서 오래, 그리고 깊이 볶은 원두가.
 또 하나는 아직은 숙련되지 않은, 하지만 처음의 신맛은 떨쳐 내고 점점 익어가고 있는 풋풋한 원두가.

[민트 라테]
*효과
―새끼 호랑이의 패기

[민트 라테]
*효과
―어른 호랑이의 여유

 두 잔의 다른 민트 라테가 나왔다.
 "주문하신 민트 라테 두 잔 나왔습니다."
 카운터에서 외치니 이 순경이 일어나려고 했다.
 "제가 받아오겠습니다."
 "됐어요. 내 것 때문에 늦게 나온 건데 내가 가지고 오면 돼요."
 결국 두 사람이 같이 왔다. 그리고 다시 자리에 돌아가서 음료를 맛을 본다.

"엥? 근데 왜 선배님도 그걸 시켰습니까?"
"그냥 새로 나왔다길래."
"아, 입에는 맞으십니까?"
"아니. 아직 안 먹었는데 보는 것만으로도 양칫물 보는 것 같네요. 색이 왜 이래?"
"하하! 그래도 이 집 민트는 좀 다르던데요? 다른 집은 인위적인 느낌이라 진짜 치약 같은 느낌도 있는데 여긴 상큼합니다. 단맛도 있고."
"그래요?"

이 순경의 말에 선배 경찰도 맛을 봤다. 그러고는 바로 인상을 찌푸렸다.

"음. 뭐, 괜찮네."

말은 저렇게 했지만, 곧장 음료를 내려놓는다. 그 모습에 이 순경이 크게 웃었다.

그리고 선배 경찰도 그런 이 순경의 모습에 피식 웃었다.

"어때요? 일은 할 만할 것 같아요?"
"아. 그게, 죄송합니다. 제가 너무 유난 떨었습니다."
"유난은 무슨. 유난은 오 경사가 떨었지요. 처음엔 다 그런 거예요. 앞으로 잘하면 되지. 오 경사 말은 신경 쓰지 말고."
"예. 다들 악의는 없으신 거 압니다."

슬쩍슬쩍 들리는 대화를 들어 보니 입가에 미소가 절로 지어진다.

대충 몰입에서 봤던 일 다음에 어떤 일이 있었을지 안 봐도 뻔했다.

저 선배 경찰처럼 현장에선 엄하게 했을지라도 거기서 벗어나선 다시 부드럽게 대하는 사람이 있는가 하면, 둘의 대화에서 나온 오 경사란 사람처럼 혼을 내는 사람도 있겠지.

그건 당연했다.

그리고 거기에 답은 없었다.

선배 경찰이 정답인 것도 아니고, 오 경사가 오답인 것도 아니었다.

'사람이 기계도 아니고 다 똑같은 반응을 보일 순 없지.'

물론 부당한 것이라면 또 얘기가 다르지만. 둘의 분위기를 봐선 그건 아니었다.

"민트는 좀 그런데 커피는 참 맛있군."

"그러게요. 저도 커피는 처음인데 진짜 맛있는 것 같네요. 주문한 대로 과일 향도 나고 단맛도 좋습니다. 선배님은 어떤 원두 시키셨습니까?"

"나? 한 번 먹어 보든지."

"그럼 실례하겠습니다."

이 순경이 선배의 음료는 어떤지 궁금했는지 맛을 봤다.

그러고는 인상을 팍 썼다.

"이거 너무 쓴데요?"

"인생이 더 쓰다네. 하핫!"

"방금 너무 대장님 같으셨……."

"그럴 리가! 내 유머가 대장님 수준이라니!? 저기 사장님은 웃었어!"

재미있는 직장 선 후배의 모습에 몰래 웃다가 걸렸다.

유머 때문은 아닌데 말이지.

기왕 들킨 김에 두 사람이 얘기를 나누는 사이 만든 음료를 들고나왔다.

"서에 몇 명이 계시는지 몰라서, 일단 대충 열 잔 정도 만들었습니다. 혹시 부족하시면 바로 더 만들어 드릴게요."

"예? 아니, 갑자기 이걸 왜?"

"감사해서요."

"예?"

아마도 우리 할아버지의 마지막도 이런 분들이 정리해 주셨을 거다.

그래서였다.

그리고.

"오늘은 기운이 없어 보이시는데 힘내시고요."

신입 경찰에겐 응원도 해 주고 싶었다.

음료로도 충분할 수 있지만 왠지 이렇게 말로도 하고 싶었다.

그래서였다.

굳이 이렇게 음료를 준 건.

"아니, 열 잔이면 충분하긴 한데…… 선배님. 이거 받아도 됩니까?"

"이 정도 음료 정도야 뭐 괜찮지. 이거 감사합니다. 뭐 해? 자네도 감사하다고 해야지."

"아! 예. 감사합니다."

두 사람이 내게 감사를 전하며 포장된 음료를 받았다.

그리고 음료를 전달하기 위해서 두 사람은 일어났다.

"이거, 모처럼의 휴가인데 다시 서에 가야 한다니……."

나가면서 선배 경찰이 하는 말에 조금 찔리긴 했는데, 그 순간!

샤라랑~

이 순경에게서 밝은 아우라가 터져 나왔다.

3장

3장

밝고 맑은 아우라가 날아왔다.
그런데…….
보통 이러면 주변을 노닐다가 내게 스며드는 게 루틴인데 이번엔 조금 달랐다.
샤라랑~
날아오는 아우라를 내 주변에서 놀던 아우라들이 막아섰다.
그리고.
샤랑~ 샤랑~
뭔가 아우라들끼리도 대화를 하는 듯 서로 대치했다.
그러다 우리 아우라들의 대장 격으로 느껴지는, 항상 내게 붙어 있고 침착한 아우라가 먼저 앞으로 나섰다.

착!

그러자 그 앞에 이 순경의 아우라가 군기 잡힌 모습으로 섰다.

뭐지?

이거 설마 기존 아우라들이 새 아우라들의 군기를 잡는 건가?

"……웃긴 녀석들이네."

뀨루~

"넌 안 가 봐도 돼?"

아무래도 아우라들에게도 미약한 자아가 생기면서 이런 일이 일어난 듯했다.

근데 같은 아우라임에도 마치 자기는 격이 다르다는 듯, 브라우니는 내 곁에 머물러 있었다.

웃긴 녀석들.

그래도 군기 잡는 게 오래가지는 않았다.

원래 있던 아우라들이 돌아오고, 이 순경이 뽑은 아우라도 조심스레 다가왔다.

그러고는 내 앞에 서서…….

척!

그냥 솜뭉치 덩어리 같은 모습이라 정확히 뭘 하는 건지는 모르겠지만 짐작은 됐다. 아마 이 순경이 자주 하는 경례 동작이리라.

"됐어. 뭘 나한테까지."

그런 아우라의 모습에 픽 웃으며 손을 뻗었다.

그리고 방금 경례한 손으로 추정되는 아주 작은 동그란 무언가를 잡았다.

스르륵!

그 순간, 아우라가 스며들었다.

그리고 머리와 가슴 쪽으로 흘러갔다. 아우라의 흐름이 느껴진다.

'이것도 달라졌구나.'

여기저기 돌아다니다가 자리를 잡은 위치는 가슴 쪽이었다.

〉이서준의 극복

그리고 흡수한 재능이었다.

뽁!

"응?"

흡수한 재능을 확인하고 있으니 아까 흡수됐던 아우라가 가슴에서 나왔다.

아까 신참의 모습 그대로였다.

재능은 그대로인 걸 보니 원래 재능 흡수가 된 뒤에 이렇게 되는 모양이다.

빠릿빠릿하면서 경직된 움직임의 아우라는 이내 다른 아우라들에 뒤섞였다.

자기들끼리 잘 놀 테니 신경은 쓸 필요 없겠지.

'몸속에 저장된 아우라랑은 또 다른 가보네.'

확실히 성장을 하나 더 하니 신기한 일이 더 많아졌다.

그나저나 재능이 극복이라니…… 너무 잘된 일이었다.

앞으로 더 많은 고생과 어려움을 마주할 신입 경찰에게 힘이 되어 줄 재능 같으니.

"다음에 볼 땐 저런 신입 티 팍팍 나는 모습은 아닐 것 같아서 아쉽긴 하네."

그에게서 나온 아우라는 이미 다른 아우라들과 적응을 했는지, 아까 같은 신입의 풋풋함은 좀 사라졌으니까.

원주인이었던 그는 아직도 그러지 못하는데 아우라가 더 빠르다니. 조금은 재미있는 일이었다.

뭐 어차피 그것도 시간문제겠지만.

아무튼, 관심을 돌렸다.

극복이란 재능은 또 어떻게 쓰는 걸까?

화생의 재능으로 자리를 잡은 걸 보니 아우라를 크게 소모하는 것 같았다.

지금 화생의 재능에는 희생, 신념, 그리고 방금 추가된 극복까지 세 가지.

신념은 따로 음료에 효과를 넣어 보진 않았다.

아무래도 쉽게 적용하기 힘든 재능이라서 그랬다. 잘못된 신념을 심어 줄 수는 없는 것 아닌가.

물론 아우라로 불어넣는 신념은 오래가진 않겠지만 그래도 찜찜한 일이었다.

그래서 쓰지 않았는데 극복은 종종 쓸 데가 있을 것 같았다.

다만, 아무래도 이것도 아우라를 많이 소모하게 될 것 같아서 자주 쓰긴 어렵겠지.

"그러고 보니 이번엔 몰입에도 아우라가 소모가 된 것 같은데?"

좀 더 자세하게 쓰였던 몰입.

지금 관조해 보니 그냥 조금 더 많이 쓰인 정도가 아니었다.

감정까지도 생생했던 만큼, 그 아우라의 소모가 훨씬 더 컸던 게 분명했다.

'이거 오는 손님마다 다 썼다간 채워지는 것보다 나가는 게 많을지도.'

지금까지는 그나마 균형을 맞추고 있었다.

그런데 최근 들어오는 손님들이 많아지다 보니 조금씩 균형이 깨지는 것 같았다.

재능의 능력은 더 좋아졌지만 그만큼 소모도 커진데다, 써야 할 곳도 많아진다.

평범한 아우라를 가진 손님들이라도 상태를 보면서 적당히 효과도 넣어 주니까.

그리고 당연한 일이지만 텃밭이라는 고정적으로 아우라가 소모되는 곳도 있고.

'다른 쉼터들도 사람들이 휴식하면 아우라가 조금씩 소모가 되긴 해. 물론 그건 다시 금방 채워지지만.'

아직까지 순환이 되지 않은 건 아니었다.

굴리는 양이 많은 만큼 쓰는 것도 많아졌을 뿐 균형은

잘 이루고 있었다.

그래도 그냥 알아서 되겠지 라며 놔둘 문제는 아닌 것 같았다.

아우라의 소모를 줄여서 쓰는 방법은 없으려나?

'한 번 찾아봐야겠는데?'

왠지 있을 것도 같다.

없으면…… 뭐, 또 다른 방법을 찾으면 되겠지.

어쨌든 우리 동네 신입 경찰이 무럭무럭 잘 성장했으면 좋겠다.

* * *

"헉!?"

라고 조금 안일했던 생각을 다시 생각하게 되는 아침이 왔다.

벌써 며칠째인 것 같다.

훈련소에 입소하는 꿈과 첫 회사에 신입으로 입사하는 꿈을 번갈아 가며 꾸는 건 말이다.

당연하게도 참 식은땀이 나는 꿈이었다.

돌아가고 싶은 과거는 많지만, 그때만큼은 분명 아닌데 왜 자꾸 이런 꿈을 꾸는 건지.

'이거 역시 그거 때문이겠지?'

예상가는 바는 하나였다.

몰입의 효과가 올라가면서 거기에 너무 빠진 것.

이 순경의 몰입에 빠졌을 땐 분명 감정까지도 전달이 됐다. 그러면서 그에 대한 잔재가 남아 이런 꿈을 꾸게 되는 게 아닌가 싶었다.

그 뒤로는 몰입을 써 보지 않았으니 그에 대해 더욱 확신이 섰다.

"전에도 그랬지만 확실히 다른 사람의 기억을 읽는 건 쉬운 길이 아니네."

머리를 털고 일어났다.

꿈자리가 사나워서 그런지, 몸이 조금 무겁긴 했지만 금방 회복했다.

땀을 흘렸으니 당연히 샤워부터 하고 나왔다.

슬쩍 시간을 봤다.

'조금 늦게 일어났네.'

바로 나가야겠다.

대충 머리를 털고 옷만 입고 나왔다.

꿈 때문에 일어날 땐 뒤숭숭하지만, 그래도 이렇게 조금 걸으면 금방 또 회복되긴 했다.

그리고 나쁜 일만 있는 건 아니었다.

이상하게 꿈을 꾼 뒤로 마치 20대 초반의 몸이 된 것처럼 아침에도 힘이 났다.

이걸 회춘했다고 해야 하나?

"사장님~"

"안녕하세요. 좀 기다리셨죠?"

"아뇨. 저도 오늘은 방금 왔어요. 작업이 조금 늦어서."

"아. 밤새우셨어요?"
"네!"
한송이가 집 앞에서 기다리고 있다가 인사를 했다.
밤을 새운 게 맞는지 조금 퀭한 모습이 있었다.
"근데 사장님은 최근 왜 점점 더 피부가 좋아지는 것 같죠? 뭐예요? 혼자 뭐 좋은 거 먹는 거 아니에요?"
"저요?"
역시 그냥 내 느낌만 그런 게 아닌 듯했다. 체력뿐만 아니라 피부에서도 뭔가 티가 나는 모양.
이걸 좋다고 해야 할지, 말아야 할지.
'……그래도 재입대는 좀.'
피부가 좋아지고 체력이 좋아지는 건 좋지만, 군대에 입대하는 꿈은 제발 그만 꾸고 싶었다.
그래도 오늘은 꿈에서 일찍 깬 걸 보아, 점점 그 영향력이 줄고 있는 것 같았다.
조만간 꿈에서 벗어나지 않을까?
"규칙적인 생활 덕분 아닐까요?"
"앗! 그거 저 지금 밤새웠다고 하시는 말이죠?"
"어떨까요?"
한송이의 말에 어깨를 으쓱했다.
말은 저렇게 해도 한송이는 오히려 퀭한 모습까지 매력이 되는 외모의 소유자였다.
"아저씨! 언니!"
"형님, 안녕하세요. 누나도 안녕하세요."

방금 나온 수아와 수호의 반응이 그 증거였다.
내게는 대충 인사하더니 한송이에게는 둘 다 아주 밝게 웃으며 인사한다.
심지어 수호는 살짝 얼굴이 붉어지는 것 같기도.
"약은 자식."
어휴, 음료를 먹인 게 하나도 소용이 없다.
"예?"
"아니다. 넌 바르게 자라렴. 누구처럼 능글능글 크면 안 돼."
"예?"
무슨 말이냐는 듯 쳐다보는 수호의 어깨를 툭툭 두드려 주며 슬슬 출근길 산책에 나섰다.
요즘 카페는 아침에도 손님이 있어서 더 서둘러 가는 편이었다.
"으…… 벌써 아침인데도 덥네. 요즘은 밤에도 좀 덥더라."
"맞아요! 아저씨. 마시면 하루 종일 시원해지는 음료 같은 건 없어요?"
"와! 진짜 그런 거 있으면 좋겠다."
한송이와 수아가 손부채질을 하며 대화하다가 내게 물었다.
아니, 그런 게 어디 있어? 라고 말하고 싶지만, 생각해 보니 무조건 없으리라고는 말할 수 없었다.
텃밭의 작물 중에선 그보다 더한 효과들도 있으니…….

물론 티는 내지 않았다.
"그런 게 어디 있어. 없어요, 없어."
"치이. 으아~ 저 물에 들어가서 놀고 싶다요……."
 내 말에 입을 뾰로통 내민 수아가 마을과 도로를 잇는 다리를 건너며 말했다.
 다리 밑에는 계곡물이 흐르고 있었다. 사실 계곡이라고 하기엔 좀 넓다.
 그런데 또 강이라고 하기엔 물이 많지는 않아서 딱 물놀이하며 놀기에 좋은 곳이긴 했다.
 나도 어릴 땐 여기서 많이 놀았으니.
"그러게. 수박 하나 딱 들고 가서 물에 담근 다음 물놀이하다가 나와서 마시면 진짜 맛있겠다."
"그쵸 그쵸. 오늘 학교 안 가고 계곡에서…… 우우!?"
 수아의 일탈은 시작도 전에 수호에게 볼을 붙들리며 막혔다. 그러고 보니 이 녀석, 봉사 모임을 한 뒤로 과외는 했나?
"수아, 너 과외는 했어?"
"해, 했거든요? 어제 선아 언니네 가서!"
"선아?…… 또 게임이나 했겠네."
 아예 과외를 시켜 주진 않았을 거다. 하지만 그보다 더 많은 시간을 게임 하는 데 보냈을 가능성이 높았다.
 이선아는 주로 게임을 컨텐츠로 하는 너튜버니까.
 어쩌면 같이 방송했을지도.
 아니라고는 안 하는 걸 보니…….

"다음엔 제 차례니까 걱정 마세요."
"……한 작가님도 웹툰만 보여 주잖아요."
"앗!"
과연 이 두 사람에게 과외를 맡겨도 되는 걸까?
마냥 수아를 예뻐하는 터라 공부가 잘되는 건지 모르겠다.
그냥 놀아 주는 사람만 바꿔서 노는 것 같은데.
역시 내가 시간을 내서…….
"어? 경찰차다!"
다른 말이 나오려는 걸 눈치라도 챈 듯, 수아가 재빨리 도망가기 위해 버스 정류장으로 뛰어갔다.
그런데 오고 있는 건 버스가 아니었다.
'응? 순찰차?'
아침 순찰이라도 도는 듯, 경찰차가 오고 있었다. 그리고 자연스럽게 이쪽에 우리를 보고 잠깐 섰다.
"안녕하세요. 사장님."
"아. 예. 안녕하세요. 그때 그건 어떠셨나요?"
"하하! 예. 그때 다들 잘 마셨다고 고맙다고 전해 달라고 하셔서요. 혹시나 해서 마침 오늘 이 주변을 순찰 돌다가 와 봤는데, 출근길이신가 봐요."
그때 내가 포장해 준 음료에 감사하다고 전하려고 왔던 모양이다.
"예. 이제 막 가려고요. 아침부터 고생하십니다. 시간 되시면 음료 좀 드릴까요? 금방 되는데."

"하하! 아뇨. 지금은 근무 중이라 나중에 또 들르겠습니다."
"아, 그러세요? 그럼 수고하세요."
이번엔 그냥 간단하게 인사만 나눴다.
그런데 그때.
떠나려는 순찰차로 수아가 소리쳤다.
"우아! 잘생긴 경찰 오빠다!"
"……하하하!!"
그 말에 다들 빵 터졌다.
본인은 왜 웃는지 모르는 듯했지만.
아무튼 아침부터 웃음을 선사한 수아 덕분에 순찰차도 기분 좋게 떠났다.
"진짜데. 완전 배우상이었는데."
"얼굴도 또 나뉘냐?"
"네! 경찰 아저씨는 딱 배우상이고, 전에 배달 기사 아저씨도 배우상! 그리고 우리 오빠는 아이돌상."
"그럼 나는?"
"음, 아저씨는 그냥…… 카페 사장님상? 앗! 버스다!"
이번엔 진짜 버스가 왔다.
그렇게 수아와 수호는 그대로 학교로 등교를 했다.
"큼큼."
"그냥 웃으시죠?"
"……아하핫!"
방금 수아의 말에 참고 있었던 건지 내 말에 한송이가

빵 터트렸다.
 아침부터 참 롤러코스터를 타는 기분이다.
 백수아, 조만간 내 타임의 과외지?
 '스파르타식 교육 예약이다.'
 그렇게 이를 갈고 있는데…….
 끼이이익!
 웬 검은 차가 와서 나와 한송이 앞에 섰다.
 소위 벤이라고 불리는 연예인 차였다. 그리고 그 안에는 전에 한 번 봤던 사람이 있었다.
 강나윤.
 아마 그때 되게 잘 먹었던 배우로 기억한다.
 그에게 몰입이라는 재능을 줬던 사람이기도 했다.
 그런 그녀가 여긴 웬일일까?
 "안녕하세요, 사장님~!"
 "예. 오랜만이네요."
 "이제 드라마 촬영이 끝났거든요!"
 "아, 그래요? 축하드려요."
 "뭐예요. 그 반응은? 근데 드라마 안 보셨죠?"
 "예? 아, 그 예전 건 봤는데……."
 도깨비 호텔은 다시 보기로 봤다.
 다시 봐도 재미있었다.
 그러고 보니 그거 원작자가 한송이 작가 아니었던가?
 아니나 다를까 옆을 보니 한송이는 신기하다는 눈으로 강나윤을 보고 있었다.

둘이 친분은 따로 없는 건가?

뭐, 원작가가 드라마에 크게 관여하지 않는다는 거 같으니 가능한 일일지도.

나도 그쪽 업계는 아니라서 자세한 사정까진 모르겠다. 수아라면 알려나?

아무튼.

"마지막 촬영 끝나고 잠깐 휴식기라서 가는 길에 한 번 들러봤어요. 일찍 출근하시네요?"

"예, 보통 이쯤 출근합니다."

"아하! 그럼 다음엔 조금 더 여유 있게 와야겠어요."

오늘 바로 들르려고 온 건 아닌 모양이다.

이어서 강나윤은 인사를 하고 다시 차를 타고 떠났다.

바람 같네.

"와! 진짜 신기해요! 저 처음 봐요! 별그램에선 얼마 전에 팔로 했는데! 실물을 보다니."

"음? 저분 한 작가님 원작 배경으로 각색한 드라마 나온 배우분이라고 들었는데…… 그렇게 신기하시면 그때 보시지 왜?"

"아, 그땐 그냥 원작은 원작이고 드라마는 저와 관계없는 별개라고 생각했었거든요. 마침 차기작 때문에 고민 중이기도 했고."

"그래서 현장도 안 가 보셨어요?"

"네. 괜히 제가 가서 이러쿵저러쿵 얘기해 봐야 분란만 생기잖아요? 물론 지금 생각하면 그냥 가서 구경 정도는 할 걸 생각이 들긴 하네요. 근데 사장님은 어떻게 아세요?"

"손님으로 한 번 오셨어요. 수아네서 잠도 잤고."

"아하!"

한송이는 역시 파면 팔수록 정말 특이한 사람이었다. 예상했지만 진짜 그런 이유라니.

"사장님은 정말 특이한 것 같아요."

"예?"

내가? 당신이 아니고?

"보통 연예인들 보면 되게 놀라지 않아요? 근데 사장님은 그냥 지나가다가 아는 사람 본 것 같아요. 언제였지? 지난번에 유명한 아이돌이었나? 그때도 그러셨던 것 같은데."

"그거야 뭐……."

실제로 그냥 지나가던 사람이니까.

안면이 조금 있을 뿐.

근데 생각해 보니 조금 많이 무덤덤했다는 느낌도 있긴 했다.

연예인에 크게 관심이 없다고 해도, 그래도 막상 티비 속에서만 보던 연예인을 보면 신기하고 놀라고 해야 될 것 같은데 말이다.

'이건 역시 텍스트창하고 아우라를 보면서 생긴 직업병 같은데.'

나는 일단 그 사람의 아우라부터 파악해 버릇됐으니까.

얼마나 됐다고 벌써 직업병이 생기나 싶지만, 호랑이 쉼터는 충분히 그럴 만한 곳이니까 이해는 됐다.

오늘 아침만 해도 몰입의 후유증으로 그 고생을 했으니.

아, 또 떠올랐다.

재입대하는 꿈이.

"속으로 많이 놀라고 있습니다."

"흐음?"

한송이가 고개를 갸우뚱했지만, 슬슬 진짜 출근할 시간이었다. 그리고 한송이는 좀 자야 할 시간이었고.

"아 참! 오늘 하나가 최최종 시안 보내 준대요."

"그래요?"

얼른 확인해 봐야겠네.

그렇게 아침 산책 멤버들과 마지막으로 한송이와도 헤어지고야 움직일 수 있었다.

'아차! 혹시 재능을 준 강나윤 씨면 몰입에 후유증을 줄이는 방법을 알지 않을까?'

문득 그런 생각이 들었지만, 일단은 출근이 먼저였다.

딸랑~ 딸랑~

오늘도 영업 시작이다.

* * *

한편 천유진과 인사를 하고 다시 차로 이동하던 강나윤

은 이상한 느낌이 들었다.

 묘하게 뭔가 걸리는, 간질간질한 느낌.

 뭐 잊은 게 있나? 그런 건 아닌데…….

 "뭐지? 뭘까. 오빠? 혹시 우리 뭐 까먹은 거 있어?"

 "잊은 거? 그거, 네 정신머리 정도?"

 "그거야 원래 없잖아. 없는 건 잊은 게 아니지."

 "자랑이다."

 "암튼. 그거 말고."

 그게 말고 뭐가 더 있지?

 매니저는 강나윤이 또 무슨 말을 꺼내려는 건지 몰라 살짝 긴장했다.

 하필 지난번 촬영장 이탈 사건의 주요 요인이었던 그 카페의 사장과 인사를 한 뒤라 더더욱.

 "조용히 가자. 오늘 스케줄은 드라마 회식밖에 없으니까 그거 하고 좀 쉬고."

 "어? 그럼 나 마음껏 먹어도 돼?"

 "그건 안 되지. 새 작품 안 들어갈 거야? 작품 검토도 해야 하고……."

 "스케줄 없다며?"

 그 말에 매니저는 조용히 입을 다물었다.

 괜히 말꼬리를 잡혀봐야 좋은 것 없었으니.

 그런데.

 "잠깐, 나 지금 생각이 날 듯 말 듯 해. 뭐지. 뭐더라…… 아! 그래 작품. 작품 검토."

"그게 왜? 뭐 생각해 둔 거 있어?"
"있지!"
강나윤이 먹고 쉴 생각을 먼저 한 게 아니라 작품 검토를 생각하고 있었다니!!
매니저는 잠시 해가 서쪽에서 떴나 확인하고 난 뒤 다시 물었다.
"뭔데?"
"그거 있잖아. 도깨비 호텔."
"도깨비 호텔? 그게 언제 적 건데……."
"그러니까. 지금쯤이면 작가님도 새 작품 뽑지 않았어? 전에 신작한다고도 발표했다며?"
"발표는 아니고, 살짝 예고는 하긴 했지. 근데 아직 뭐 나온 건 없는데? 그리고 웹툰이 나와도 바로 드라마화가 되겠어?"
그럼 그렇지.
강나윤의 말에 매니저는 고개를 저었다.
"아, 또 하나. 그 각색 작가님도 요즘 이쪽에서 일 안 할걸?"
"엥? 왜?"
"그거야 나도 자세한 사정은 모르지."
"그래? 아쉽네."
"근데 그건 갑자기 왜?"
"아! 맞다. 그 원작 작가님, 혹시 말이야, 여기 사나?"
매니저가 물었으나, 강나윤은 마치 못 들었다는 듯이

바로 다른 말을 하기 시작했다.

그래, 내가 뭘 바라겠냐.

그 모습에 잠시 부들거리던 매니저는 한숨을 푹 쉬더니 마저 말을 이었다.

"그건 또 뭔 소리야?"

"아니, 얼마 전에 그 원작 작가님 내가 별그램 친추를 걸었거든? 팬이라고? 근데 가끔 찍은 사진 배경이 왠지 낯익단 말이지? 특히! 카페 같은 데 간 사진. 그래, 그거! 오빠 스톱!!"

"어? 어? 왜!? 무슨 일인데?"

"차 돌리자!"

강나윤의 외침에 매니저는 이마를 부여잡았다.

역시 이상하다 싶더니 또 돌발 행동이라니.

"안 돼. 이번엔 진짜 안 돼."

"왜!? 나 하나만 확인할게. 응? 회식까진 아직 시간 많잖아."

"너, 도윤이는 안 보게?"

"어? 아, 맞다."

날뛰던 강나윤이 매니저의 말에 처음으로 자리에 얌전히 착석했다.

잊고 있던 건 아니었다. 잠시의 흥분 상태로 그런 것일 뿐.

강도윤은 강나윤의 동생이자 동료 배우였다. 그리고 지금 상태가 조금 안 좋기도 했고.

오늘 스케줄도 그래서 여유롭게 잡은 것도 있었다. 잠시 동생에게 들렸다 가기 위해서 말이다.

그게 생각난 강나윤은 고집을 빠르게 접었다.

"오늘은…… 어쩔 수 없네. 다음에 도윤이랑 같이 와야겠어."

"뭐?"

"거기 내가 말했잖아. 되게 신비한 느낌이 드는 곳이라고. 도윤이도 가면 좋을 것 같아."

"카페야 근처에도 널렸는데 뭐 하러 여기까지? 도윤이가 오려고 하겠어?"

"그거야 잘 설득해 봐야지. 그나저나 그 꼬맹이는 잘 있나 모르겠네~ 응? 잠깐만."

매니저의 말에 어깨를 으쓱하며 답한 강나윤이 폰으로 뭔가를 보다가 깜짝 놀란 표정을 지었다.

* * *

요즘에 아침에 오면 커피를 한 잔씩 마신다.

맛도 연구하고 잠깐 하루를 어떻게 보낼지 생각도 할 겸이라는 핑계를 댔지만…… 사실 그냥 좀 쉬려는 거였다.

최근에는 사람들이 종종 찾아와서 전처럼 여유를 가질 시간이 많지는 않았으니까.

물론 그게 싫다는 건 아니었다.

오히려 지금의 휴식이 더 달콤해서 좋은 점도 있었다.

"음. 이번 건 베리 향이 나네."

살짝 배합을 달리 한 원두로 내린 커피를 마시며 내 레시피북을 펼쳤다.

그리고 배합 비율을 적고 맛도 기록했다.

순수하게 효과를 넣지 않고 마시는 거라 다른 건 적을 게 없었다.

그렇게 빠르게 기록하고 시선을 밖으로 돌렸다.

커피가 든 컵을 들자 안에 든 얼음이 흔들리며 경쾌한 소리를 낸다.

마시기 위해 기울이자 커피 속의 얼음에 빛이 투과되며 오묘한 빛을 냈다.

꿀꺽! 꿀꺽!

시원하게 들어가는 커피에 등줄기가 시원해졌다.

확실히 날이 덥긴 한 모양이다.

따로 말을 안 해도 이런 찬 음료가 당기는 걸 보면.

문득 아까 수아가 했던 말이 생각이 났다.

계곡에서 시원하게 물놀이하고 나와서 계곡물에 담근 시원한 수박 먹고 싶다는 그 말이.

확실히 그런 계절이 왔다.

"나가면 덥겠지?"

곧 있으면 땅에서 아지랑이도 보일 듯 날은 빠르게 더워지고 있었다.

그래도 다행인 건, 이곳에서는 여름의 곤욕 중 하나를 피할 수 있다는 점이었다.

원래 시골 여름을 보내면 제일 힘든 것 중 하나가 벌레 문제였으니까.

그런데 호랑이 쉼터 주변에서는 그런 벌레들이 잘 안 보였다.

기껏해야 아침부터 바쁘게 붕붕 날아다니는 붕붕이네 꿀벌들이 다다.

덕분에 아주 쾌적했다.

"매미 소리는 들리네."

저 멀리 산속에서 울리는 매미 소리까지는 막을 수 없지만, 아무튼 쑥쑥이의 해충 방지 효과가 한층 더 강해진 듯했다.

'음. 슬슬 일어나볼까.'

쑥쑥이를 생각하니 슬슬 일어나 텃밭에 가 봐야 할 시간이 된 거 같다.

벌레는 쫓아도, 잡초는 좀 힘드니까.

단숨에 차가운 커피를 비우자, 찌르르하게 머리가 울렸다.

잠깐 가만히 있다가 찌르르한 것이 풀릴 때 움직였다.

왜앵~

"팔자가 좋구나."

카운터에는 언제 왔는지 랑이가 대자로 늘어져서 뒹굴고 있었다.

녀석의 배를 조물조물하며 팔자 좋음을 잠시 부러워했다.

그리곤.

"자. 이거 가지고 놀아."

얼음 통에서 큼지막한 얼음 하나를 꺼내서 주니 몇 번 핥고 그대로 얼음을 굴리며 축구를 한다.

어차피 바닥은 청소해야 하니 그냥 내버려 두고 뒷마당으로 나왔다.

삐!

"그래. 안녕이다."

일찍 출근한 토 사원과도 인사하고. 간밤에 텃밭에 무슨 일이 없었는지 살펴보는데…….

푸른 텃밭 속에 붉은 파편이 보였다.

저게 뭐지?

텃밭에 왜 저런 게…….

"어?"

다행히 동물의 어떤 것은 아니었다.

수박이었다.

잘 익은 수박이 깨져서 텃밭에 뿌려진 것.

이제 수박도 다 익었구나 싶어서 기쁜 마음에 달려가 보는데, 그 순간!

"뭐야? 누가 먹었어?"

너무 잘 익어서 깨진 게 아니라 무언가 강제로 수박을 열었다. 그리고 그 안을 파먹었다.

사람이 한 짓 같진 않고 그렇다면 첫 번째 용의자로는…….

삐?

"아니네."

용의자 1. 토리의 입가는 뽀얬다.

평소 색이 있는 과일을 먹을 때마다 입 주변의 털과 앞발에 물들이고 먹는 토리는 제외가 되는 근거였다.

그럼 누구지?

랑이는 과일을 먹지 않는데?

혹시 백구 녀석인가?

가끔 산책 겸 놀러 오는 백구라면 가능성이 있었다.

바로 이선아에게 톡을 했다.

―백구 아님. 증거 사진 1, 2.

이선아가 보내온 사진에 백구는 그냥 누랬다.

또 어딜 가서 뒹굴었는지 행복한 개가 되어 흙먼지를 잔뜩 뒤집어쓴 것. 심지어 실시간인 것 같은데 어딘지 모르겠다.

그럼 백구도 제외인데…….

"토리야, 혹시 여기 주변에 어슬렁거리는 산짐승 있어?"

이건 산짐승이 아니고서야 있을 수 없었다.

그래서 혹시나 토리에게 물어봤다.

삐이…….

하지만 모르는 눈치였다.

그렇다면 이곳에 계속 있는 쑥쑥이와 아우라들은?

"혹시 못 봤어? 수박 저렇게 만든 녀석 말이야."

사라락~
샤라랑~
아우라와 쑥쑥이는 역시 뭔가를 아는 듯했다.
그런데 조금 이상했다. 반응들이 왠지 말하는 걸 무서워하는 듯했기 때문이다.
무서워하다니…….
"산짐승이 내려온 거야? 어떤 놈이야?"
다른 건 참아도 텃밭을 이렇게 만든 건 못 참는다. 그것도 이제 막 빨갛게 잘 익은, 몇 개 없는 수박을 무려 하나나 박살 내다니?
"말해 봐. 내가 혼내 줄게."
쑥쑥이와 아우라들을 토닥이며 범인을 알아내려고 했다.
음, 뭔가 알아낼 수 있는 방법이 없을까? 손님이라면 몰입이나 그런 거라도 쓸 텐데, 아우라나 쑥쑥이에게 몰입을 쓰는 것도 뭔가 애매하고.
상대를 찾는 것이…… 찾는, 찾는?
"아! 표적 탐지!"
마침내 재능 중에 적당한 걸 찾았다.
이거라면 범인을 찾을 수 있을 터.
그럼 우선…….
'남은 수박부터 옮기고 찾자.'
혹시 모르니 소중한 수박부터 옮겼다. 그리고 이장님에게도 연락했다.

어떤 놈인지 몰라도 이장님의 근육 맛을 보게 해 줄 것이다.

그렇게 연락을 기다리면서 바로 표적 탐지를 사용했다.

　　　　　　　＊　＊　＊

백구까지 데리고 이장님과 이선아가 왔다.

"산짐승이라고?"

"예. 수박을 누가 파먹었더라고요. 이런 흔적이 있던데…… 어떤 놈일까요?"

바로 표적 탐지로 찾은 범인의 흔적을 보여 주었다.

다행히 범인은 흔적을 아주 크게 남겼다.

물론 표적 탐지로 이미 알고 보니 보이는 거지, 모르고 보면 넘어갈 수도 있는 흔적이기도 했다.

"사족 보행하는 놈이고만, 발은 생각보다 크진 않은데."

"흔적은 저쪽으로 이어졌습니다."

표적 탐지로 이동한 방향도 알아냈다.

발이 작다고는 해도 산짐승은 산짐승. 토리 같은 애가 아니라면 혼자 쫓아가기엔 벅찼다.

'원래 산짐승은 맨몸으로 대응하기 벅차지.'

제아무리 초식 동물이라도 워낙 거칠다.

이장님을 부른 것도 사실 농담처럼 생각하긴 했지만, 무작정 같이 쫓아가자는 건 아니었다.

"마을의 다른 밭은 괜찮나요?"

지난번에 브라우니를 남긴 멧돼지.

그때처럼 혹시나 마을에서도 보였는지 정보를 공유하기 위해서기도 했다.

그러자 이장님이 고개를 저었다.

"아직 없네. 흐음, 여름이라 이렇게 내려올 산짐승도 별로 없는데 이상한 일이군."

"여름엔 잘 안 내려오나요?"

"아무래도 그렇지. 산에도 먹을 게 많으니까."

하긴. 사방이 푸릇푸릇한데 굳이 사람이 있는 곳까지 내려올 이유가 없었다.

하지만 우리 텃밭에서 나는 아주 달콤한 과일의 향이라면? 그건 또 다른 얘기가 아닐까.

어쨌든 그것보단 일단 뭐가 내려와도 내려왔다는 게 중요하니.

"뭘까요?"

"여우 아니면 너구리 같구먼. 아, 족제비도 있긴 한데 발이 그보단 크니 아닐 가능성이 높네."

여우와 너구리라니…….

진짜 시골에 살지 않으면 동물원에서나 들어 볼 법한 녀석들이 아닌가. 근데 걔들 육식 아닌가?

"가끔 밭에서 나는 과일들 먹기도 하는 놈들이라…… 이건 좀 지켜봐야겠구먼."

"아, 그런가요?"

"멧돼지면 바로 사람 불러서 처리하겠다만, 이것들은 사람이 있으면 내려오지도 않을뿐더러 찾기도 어려울 거네. 혹시 모르니 덫 정도는 놓을 수 있겠다만……."

이런, 이장님도 당장은 도움을 줄 수 없단다.

덫은 혹시나 랑이나 토리가 걸릴 수 있으니 쓰기 좀 그런데.

"아니면 백구 요놈 좀 데리고 있던가."

왈! 왈!

저를 부르는 걸 알았는지 화답하는 녀석.

"아, 백구요? 음…… 일단 그래도 될까요?"

"우리야 좋지. 요새 얼마나 설치는데."

이어 백구를 잡고 있는 이선아를 봤다.

눈 밑이 퀭한 것이 얼마나 산책을 한 거지?

헥헥헥!

그러거나 말거나 백구는 뭐가 그리 신난 건지 주변을 계속 돌아다녔다. 이선아는 거기에 끌려다녔고.

음, 받지 말까?

이제 제법 큰 백구였다. 크기는 진돗개 성견 정도.

꽤 늠름하게 자라서 있으면 듬직할 것 같긴 했다.

'성격으로 보면 집도 못 지킬 녀석 같지만.'

뭔가 발견하면 반응 정도는 보일 터.

"근데 그래도 산짐승은 주변에 있을 것 같은데."

"며칠 백구 두고 있으면 산짐승이 알아서 피해 갈 거네. 괜히 풍족한 산에서 피 보려는 녀석들은 없으니까.

그러고도 계속 나오면 그때 다시 말하지. 원래 이런 건 괜히 들쑤시다가 일 나는 거야. 산짐승은 작아도 물리면 균이 옮아서 위험해."

"아! 예. 알겠습니다."

역시 이런 건 전문가의 말을 듣는 게 제일이지.

결국 백구를 당분간 내게 데리고 있는 걸로 결론을 내렸다.

물론 카페에 묶어 둘 생각은 아니었다.

출근하면 같이 있고, 손님이 없거나 강아지를 좋아하는 손님이 있으면 공터에 풀어도 되고.

콜은 잘 되는 녀석이니까.

퇴근할 땐 당연히 집으로 데려갈 거다.

그리고 애초에 백구에게 미안한 말이지만, 얘가 산짐승과 싸워서 쫓아내거나 이길 수 있을 것 같진 않았다.

헥헥?

고개를 갸우뚱하는 녀석의 머리를 쓰다듬어 주었다.

다치지나 않으면 다행이지.

그러니 위험하게 카페를 지키는 일을 시킬 생각은 없었다. 그저 사람보다 뛰어난 감각으로 혹시나 뭔가 느껴지면 그걸 알려 주는 정도면 충분했다.

일단은 그렇게 하기로 하고 이장님과 이선아는 돌아갔다.

그리고 나는 표적 탐지로 한 번 더 흔적을 살폈다.

"다른 건 다 괜찮은데. 토리, 넌 괜찮아?"

삐!

"그래? 그럼 다행이고."

토리는 문제없다는 듯 발을 굴렀다. 피할 수 있는 방법이 있나 보다.

확장한 집에 문도 있고 위장 효과도 있으니…… 어?

그러고 보니 그게 있었지?

위장의 재능.

분명 토리의 굴을 확장하면서 얻었다.

그렇다면 그걸 텃밭에 사용하면?

바로 시도해 봤다.

"응? 안 되나?"

왠지 되지 않았다.

보통은 재능을 떠올리는 것만으로도 사용이 되는데 왜일까?

'조건이 안 맞는 건가?'

아! 그래.

매개체가 없었다.

보통 음료에 재능을 부여하는 것처럼, 토리의 굴에는 문에 위장 효과가 부여가 된 거였다.

그러니 텃밭에도 매개체가 있어야 한다는 말.

그렇다고 당장 펜스를 치고 문을 다는 건 어려울 것 같은데?

흐음…….

"어차피 위장이니까 꼭 문으로 막을 필요는 없으려나?"

생각해 보니 그랬다.

그렇다면 한번 생각해 보자, 어떤 위장을 해야…….

그때 눈앞에서 헥헥대는 백구의 모습이 스친다. 그리고.

"오오."

갑자기 재미있는 아이디어가 생각났다.

"백구야."

왕!

"너, 늑대 한번 돼 보자."

우웅?

고개를 갸우뚱하는 백구를 데리고 안으로 들어왔다. 그리고 녀석을 위한 특제 간식을 만들어 주기로 했다.

'효과는 위장에 역발산기개세, 카리스마 정도면 되겠지.'

그 정도면 웬만한 산짐승은 백구를 진짜 늑대로 착각할 수 있지 않을까?

근데 이건 비단 백구뿐만이 아니라 랑이와 토리에게도 좀 적용을 시켜 줘야 할 것 같기도 했다.

뒹굴~ 뒹굴.

"아니…… 넌 괜찮으려나."

세상만사 귀찮고 지금이 너무 편해서 카페 바닥을 뒹구는 랑이는 필요 없을 것 같기도 하지만.

그래도 혹시 모르니.

녀석들이 다 먹을 수 있는 간식을…….

'수박?'
랑이가 먹을지 모르겠다.
과일하고는 담쌓은 육식파 녀석이라.
'츄르랑 섞으면 될 것 같기도.'
주방에 들어와서 반쯤 깨진 수박을 올렸다.
다행히 한 쪽은 꽤 멀쩡했다. 거의 다 파먹은 쪽은 버리고, 나머지 반쪽은 지저분한 부분만 손질했다.
그리고 수박의 속을 파내고 씨를 뺐다.
"랑아, 이거 한 번 먹어 볼래?"
왜앵?
혹시나 그냥 먹어도 되나 싶어서 줘 봤는데, 역시나.
툭! 툭!
앞발로 건드리며 장난만 친다.
반면 백구는,
와삭! 와삭!
"맛있지?"
바로 입에 넣고 씹어 먹었다.
맛있게 먹는 모습을 보니 나도 맛을 안 봤다는 생각이 들었다.
바로 한 덩어리 입에 넣고 먹어 봤다.
빨갛게 잘 익은 수박.
이번 여름의 첫 수박 맛은…….
"와!"
시원하고 달고 맛있다.

이보다 더한 표현을 할 수 있을까.

입에 넣고 씹자마자 수박의 단맛과 함께 갈증이 쑥 내려갔다.

역시 여름 과일의 왕다웠다.

한 입 베어 물 때마다 터져 나오는 과즙은 등골까지 적셔 주는 듯했다.

'뭐지 이거?'

이유는 금방 알 수 있었다.

[수박]
*상태
—최상급
*효과
—갈증 해소
—더위 저항

여름에 먹기에 너무 좋은 효과였다.

뭐, 맛은 볼 것도 없었다.

그저 그런 물 수박이 아니라 정말 당도로 꽉 찬 그런 수박.

누가 이걸 그냥 맛을 보면 꿀을 뿌렸다고 오해할 정도였다.

이러니 먹을 게 많은데도 산짐승들이 함부로 서리해 가지.

그리고······.
"이 맛있는 걸 안 먹는 애가 있다니."
랑이를 보며 고개를 저으며 한 번 더 수박으로 손이 가려는 걸 멈췄다.
이러다 내가 다 먹겠다.
정신을 차리고 다시 제조를 떠올렸다.
우선 백구와 토리에겐 따로 뭔가를 만들 필요 없이, 깍둑썬 수박과 함께 다른 과일로 화채를 만들었다.
백구는 포도류를 먹으면 안 되니 뺐고, 토리는 딱히 가는 거 없어서 다 넣어 줬다.
물론, 사이다나 우유는 넣지 않았다.
사람이 먹기엔 아쉽겠지만 얘들한테는 이 정도가 적당했다.
마지막으로 효과는 아까 말한 역발산기개세와 카리스마, 위장을 섞었다.

[수박 화채]
*효과
—갈증 해소
—더위 저항
—범의 기세

그러자 얻은 '범의 기세' 효과.
샤라랑~

효과에 아우라들이 화채를 먹는 녀석들 주변을 날아다녔다.
그리고…… 순간 그런 아우라들에게서 범의 얼굴이 보였다.
나도 흠칫할 정도.
"……이거 좋은데?"
생각보다 더 효과가 좋은 듯했다.
효과의 기간도 일주일.
아마 텃밭의 기운을 듬뿍 먹고 자란 수박의 상태가 그만큼 좋기 때문인 듯했다.
"이거면 산짐승은 걱정 없겠는데?"
조금 걱정했는데 다행이었다.
그럼 이제 랑이에게도 줘야겠지.
이번엔 화채가 아닌 주스를 만들기로 했다.
간단했다. 이미 씨까지 뺀 수박 과육이 있으니 얼음과 함께 갈면 끝이었다.
우우웅!!
금세 믹서기에 갈린 수박 스무디.
조금만 덜어서 랑이의 최애 간식 츄르와 섞었다.
"자. 이건 먹어 봐."
왱~
수박이 조금 못마땅하긴 하지만, 그래도 츄르가 섞여 있으니 먹긴 먹었다.
그리고…….

왱!
랑이도 범의 기세 효과를 얻었다.
츄르 하나를 다 먹고 냥풍당당하게 걸어가는 뒷모습에 진짜 호랑이가 보였다.
실제론 그냥 세상 하찮고 귀여운 고양이의 뒷모습이었지만.
"……뭐, 잘 어울리네."
제일 잘 어울리긴 했다.
아무튼 이렇게 호랑이 텃밭 수호대는 만들어 뒀고.
이제 그 산짐승의 정체가 뭔지 알아내는 일만 남았는데…….
"고동석 피디님이라도 한 번 불러야 하나."
나름 그쪽 전문가니까 잘 찾고 잘 해결해 줄 것 같기도 한데…….
그래도 괜히 또 별거 아닌 걸로 부르는 걸 수도 있으니 일단은 접었다.
그리고 이장님 말대로 산짐승을 따로 혼자 잡을 생각도 접었다.
말벌과는 상황이 달랐다.
그때는 정말 비상시라 그랬던 거였고.
멧돼지도 그렇지만 다른 산짐승도 작다고 무시할 순 없었다.
"조용히 지나가면 좋을 텐데 말이지."
아침의 커피 한잔 여유처럼 그렇게 그냥 평온하게 지나

갔으면 좋겠다.

　　　　　　＊　＊　＊

　며칠 후.
　다행히 별일 없이 시간은 지나갔다.
　아니, 지나가는 듯했다.
　딸랑~ 딸랑~
　여느 때와 같이 문이 열리며 손님이 오기 전에는 말이다.
　"어서 오…… 세요."
　나도 모르게 당황했다.
　남녀 두 명의 손님이었다.
　한 명은 낯익은 얼굴에, 또 다른 한 명은 주변에 보이는 아우라에 말이다.
　"안녕하세요~ 사장님!"
　"아, 예. 전에 뵈었죠?"
　여자 손님은 강나윤이었다.
　다행히 저주는 다시 걸리지 않은 듯, 아우라의 상태는 깨끗했다.
　문제는 이 사람이 아니라, 그 옆에 있는 남자였다.
　그리 크지 않은 키에 곱상한 얼굴을 가진 남자였다. 그것만 보면 별문제가 없을 것 같지만…….
　'빙의?'

저게 도대체 뭐지?

[강도윤]
*상태
―여우의 혼 빙의
―쇠약, 허기

분명 그렇게 적혀 있었다.
혼이 빙의됐다고!
게다가 그 증거로 칙칙한 건 물론이고, 아우라의 형태가 묘했다.
보통 구름처럼 주변에 몽실몽실 떠 있는 것과 다르게 무언가 형상을 나타냈다가 사라졌다가 했다.
마치 '범의 기세' 효과를 얻은 백구와 랑이, 그리고 토리에게서 보이는 아우라들의 모습처럼 말이다.
"아! 이쪽은 제 동생이에요. 꽤 유명한 배우인데 아실까 모르겠네요?"
"배우요? 강도윤……."
"어! 맞아요. 강도윤! 아시네요! 전에 저도 못 알아봐서 혹시나 했는데 동생은 아네요?"
아니, 그냥 텍스트창에 보인 걸 말한 건데?
그러자 동생을 툭툭 치면서 좋겠다 야? 하는 강도윤.
그때도 느끼긴 했는데 사람이 참 거리감이 다르다.
그나저나 강나윤은 동생의 상태를 전혀 모르는 건가?

하긴, 저건 나만 볼 수 있는 거니 모를 수도 있긴 하겠다만.

그럼 상태만 저렇고 이상 행동 같은 건 없다는 건가?

"저, 혹시나 해서 얘기 드리는 건데…… 제 동생이 요즘 상태가 조금 안 좋거든요. 얘가 원래도 배역에 한번 몰입하면 잘 빠져나오질 못하는데 이번엔 조금 심해요."

음, 아무런 생각이 없는 건 아니었구나. 나름 생각하면서 저렇게 행동하는 모양이었다. 그녀 나름의 배려랄까?

그나저나.

"몰입을 해서요?"

"네. 그러니까 조금 이상하게 보여도 양해 부탁드릴게요. 물론 제가 옆에서 계속 보겠지만."

조용히 와서 속삭이는 강나윤의 말에 이상 행동이 없을 거라는 짐작은 틀렸다는 걸 알 수 있었다.

빙의라니…….

하긴 저주도 있었으니 못 믿을 건 아니지만.

'저건 또 어떻게 해야 하지?'

절로 고민이 생긴다.

그때, 불안한 듯 주변을 보는 강도윤이 문득 랑이를 발견했다.

그러자.

"힉?!"

소스라치게 놀라며 밖으로 뛰쳐나갔다.

"야! 강도윤!"

강나윤은 그런 강도윤을 쫓아 밖으로 나갔다. 이게 무슨 일인지 모르겠다.

"누나는 저주, 동생은 빙의라니."

묘한 남매라고 생각하던 찰나, 문득 강나윤의 재능이 떠올랐다.

몰입.

그걸로 나도 조금 고생했던 적이 있었다.

"……설마 재능 때문에 저 남매들한테 저런 일이 생긴 건가?"

갑자기 든 생각인데 왠지 이게 맞을 것 같다는 예감이 들었다.

나도 경험했었으니까.

이 순경의 감정을 느끼며 안 꾸던 꿈까지 꿨다.

아직 정확한 건 아니지만 연결점은 분명 있는 것 같은데…….

"근데 저 사람은 어디까지 가는 거지?"

그리고 갑자기 뭘 보고 놀라서 저리 뛰어가는 걸까?

랑이라면 세상 팔자 좋게 뒹굴며 배를 까고 있었다.

말 그대로 세상 무해 한 모습인데, 혹시 고양이를 무서워하는…… 것보단.

생각해 보니 효과를 깜빡했다.

아직도 랑이에게 '범의 기세'가 적용이 되어 있다는 걸.

"너 보고 도망간 것 같은데."

왜앵?

랑이가 그게 뭐가 문제냐는 듯 누워서 대충 답했다.
이 녀석을 쫓아내야 하나?
이대로라면 강도윤이라는 사람은 여기 못 들어올 것 같은데.
'이건 또 예상 못 했던 상황이네.'
며칠 동안 온 손님들은 랑이를 보고도 별반 반응이 없었다.
지금 뒷마당에 있는 백구도 마찬가지.
공터에서 뛰어놀아도 사람들은 그냥 웃었으면 웃었지, 무서워하진 않았다.
'그 말은 즉, 다른 사람들은 못 느낀 걸 저 사람은 느꼈다는 얘긴가?'
그게 빙의라는 것하고 관계가 있는지는 모르겠지만. 아무래도 정황상 관계가 없을 것 같진 않았다.
"뭐가 어떻게 된 거지."
그나저나, 그사이 어디까지 갔는지 남매의 모습이 보이지 않았다.
나도 나가서 찾아봐야 하나?
상태가 좀 걸리는데.
여우의 혼이라…….
'나가보자.'
우선 쑥쑥이에게 축복을 받았다.
그리고 표적 탐지를 사용했다.
그런데…… 이건 또 무슨 경우지?

어지럽게 보이는 표적의 흔적들은 텃밭에도 이어져 있었다.

그리고 뒷산으로도.

"이건, 전에 수박 먹은 산짐승 표적인데?"

이게 왜 그 사람하고 이어져 있는 거지?

어…… 설마?

'그 손님이 여기까지 와서 수박을 깨 먹은 범인!?'

머릿속으로 그 광경을 그려 보았다. 주말 드라마의 본부장으로 나올 것처럼 생긴 청년이, 텃밭에서 흙을 묻혀가면서 그 자리에서 수박을 파먹는 모습을…….

'그건 아니겠네.'

말이 안 된다. 서리를 할 수야 있다지만 그 자리에서 그럴 이유가 없지.

게다가 흔적도 작았다.

그렇다면 가능성 있는 건 역시.

"빙의가 된 여우의 혼인가."

브라우니를 남긴 멧돼지의 혼을 생각하면 말이 안 되는 것도 아니었다.

아무튼.

"봉봉이 여왕벌도 그렇고, 진짜 예상할 수 없는 곳이네."

얼른 밖으로 나갔다.

상황을 정리하기 위해선 아무래도 그 사람이 필요했다.

다행히 오솔길 아래에 두 사람이 있는 걸 볼 수 있었다.
"그냥 잠깐 쉬었다 만 가자니까."
"아, 안 돼. 먹힐 거야."
"무슨 소리야? 도윤아, 이제 너 그거 아니야. 그거 연기였을 뿐이라고. 응?"
"먹힐 거야. 먹힐 거야…… 배고파…….."
"그래. 나도 배고파. 너도 배고파?"
남매는 알 수 없는 대화를 하고 있었다. 그래서 둘에게 바로 다가가지 않고 잠시 그 대화를 들으며 상태를 파악했다.
남자는 명백히 무언가를 두려워하고 있었다.
그리고 그러면서도 배고파하고 있었다.
'빙의가 된 건 모르는 것 같고…… 근데 저 남매는 저주가 걸려도 배고프고, 빙의가 돼도 배가 고프냐?'
어이가 없는 결과였지만 어쨌든 조금 파악은 됐다.
남자, 그러니까 빙의가 된 여우 혼은 역시 랑이에게 붙인 효과 때문에 무서워하는 것 같았다.
그러니 일단은 그걸 해소할 게 필요해 보였다.
'연기, 위장, 매력.'
이 세 가지의 재능을 펼쳤다.
많은 아우라가 모여들어 재능을 발현시킨다.
그러자 풍기는 달달하고 맛있는 냄새.
여우가 좋아하는 냄새가 오솔길을 가득 채우며 점점 호

랑이 쉼터 쪽으로 향했다.

그러자.

"킁킁!"

그 냄새를 맡았는지, 강도윤에게서 반응이 왔다.

그걸 확인하자마자 나는 슬쩍 냄새보다 빠르게 카페로 돌아왔다. 그리고 얼른 랑이를 뒷마당에 두고 문을 닫았다.

영문도 모르고 쫓겨난 랑이가 어리둥절한 표정을 지었지만, 뒷마당 그늘에 가서는 털썩 눕는 모습에 신경 껐다.

정말 세상 편하게 사는 녀석이었다.

아무튼 그러고 얼마 뒤.

딸랑~ 딸랑~

문이 열리며 다시 남매가 들어왔다.

"죄송해요. 동생이 잠깐 놔두고 온 게 있었나 봐요."

"아닙니다. 편한 자리에 앉으시고 주문하세요."

"네. 근데 혹시 여기 수박 메뉴가 있나요? 아까부터 동생이 수박 냄새가 난다고…… 전에는 못 본 것 같은데."

맛있는 냄새를 풍기긴 했지만 그게 어떤 냄새로 여우의 혼이 빙의된 강도윤이 맡는지는 몰랐는데, 강나윤이 말해 줘서 바로 알았다.

역시 그 수박을 서리한 게 여우의 혼이 맞나 보다.

근데 어쩌다가 저 사람한테 붙은 거지?

"수박 메뉴도 있습니다. 텃밭에서 딴 수박으로 만드는

메뉴죠."

"아! 진짜요? 도윤아, 수박도 있대."

우리 둘의 대화에도 강도윤은 허공을 보며 냄새만 맡고 있었다.

누가 봐도 이상한 모습이 아닐 수 없었다.

"동생 분, 괜찮으신가요?"

"괜찮…… 을 거예요. 배역에 워낙 깊이 들어가는 녀석이라 그렇지, 그래도 한 달 안에는 낫거든요. 게다가 지난번에 재벌 2세를 연기했을 때에 비하면, 이건 양반이기도 하고요."

"아. 그런가요? 그렇게 괜찮아 보이진 않는데요?"

원래도 빙의가 잘 되는 건가?

아니면 이전에는 진짜 그냥 몰입에서 쉽게 빠져나오지 못했던 거고, 이번에만 빙의가 된 걸 수도.

"최근에 한 배역은 배고픈 여우 요괴 역할이었거든요. 배고프다고 할 때 빼곤 그래도 얌전해요. 전에 진짜 재벌 2세처럼 돈을 펑펑 쓴 거에 비하면야……."

"아."

그건 그러네.

그것참 곤란한 일이겠다.

"그래도 저 상태일 땐 집에만 있어서 다른 사람한테는 피해를 안 줘서 다행이죠."

"아까 재벌 2세를 연기했을 땐 돈을 썼다고 하지 않았나요?"

"아, 그거 인터넷 쇼핑으로 아주 재벌 놀이를 한 거라서요."

거참 묘하게 소심하게 대범하네.

수아가 있었다면 '대문자 I라 그래요!'라고 했을 거 같다.

"그렇군요. 근데 혹시 저분 여기 근처에 혹시 사시나요? 왠지 본 것도 같아서……."

텃밭에 흔적은 어떻게 해서 난 건지 몰라서 물어봤다.

"아뇨. 아! 최근에 근처에서 마지막 촬영을 했을 거예요. 그 뒤로는 저 상태라서 집에서 안 나왔어요. 봤으면 아마 촬영하는 걸 봤을 수도 있겠네요."

"아아. 그런가 보네요."

그럼 주변에서 촬영하다가 여우 혼에 빙의가 된 건가?

어쨌든 건전하게 빙의가 됐다고 해야 하나? 그나마 다행이긴 하구나.

일단 어떤 상황인지는 들었다.

음료도 주문받았고.

이제 관건은 저 빙의 상태를 어떻게 하느냐였다.

'아까 보니 힘으로 어떻게 하려고 하면 도망을 갈 거야.'

말 그대로 기운만 부풀린 종이호랑이인 랑이를 보고도 도망을 갔다.

그러니 힘으로나 강제로 어떻게 하는 건 일단 보류.

음료를 만들기 위해서 주방으로 들어왔다. 그리고 생각

을 이어 나갔다.

"이번엔 진짜 어렵네."

여우의 혼이라니.

그것도 빙의라니.

일단 저 사람 몸에서 혼을 빼야 하나? 근데 어떻게?

아침의 여유로움과 다른 의미로 멍했다.

"여우, 여우…… 연기?"

머릿속에 뭔가 하나 떠올랐다.

저 사람이 여우 관련 배역 연기를 하다가 여우의 혼에 빙의가 됐다고 했다.

그렇다는 건…… 여우와 비슷한 무언가에 빙의가 되는 성격, 혹은 성질을 가졌다는 뜻일 수도 있었다.

"……해 보자."

연기로 속이는 거다.

여우인 척 말이다.

물론 내가 그렇게 하겠다는 건 아니었다.

뒷마당 쪽을 봤다.

거기에 아주 제격인 게 있었다.

그전에 우선, 음료부터 만들기로 했다.

방심을 할 수 있게 아주 맛있게 만들어 주기로 했다.

* * *

맛있는 수박을 고르는 방법들은 여럿 있지만, 그게 확

실한 맛을 보증해 준다고는 수박 장수도 장담할 수 없다.
 그만큼 수박의 속은 일단 열어 봐야 알았다.
 선명한 줄무늬도 두들겼을 때의 통통! 하는 맑은 소리도.
 배꼽이 작으면 좋다는 말도 있긴 한데 그마저도 백 퍼센트는 아니다. 확률은 높지만 말이다.
 하지만 텃밭에서 난 작물은 백 퍼센트였다.
 어느 하나 맛있지 않고, 달지 않은 것이 없었다.
 수박도 그랬다.
 여우의 혼이 파먹었을 것으로 추정되는 것 말고 제대로 익은 수박을 가져왔다.
 시원하게 보관해서 그런지, 겉에 이슬이 맺혔다.
 통~ 통~
 괜히 한 번 두들겨 보고, 그대로 칼집을 넣자!
 쩌억!
 그대로 갈라졌다.
 속이 꽉꽉 익었다는 뜻이었다.
 쩍 벌어진 수박의 속살이 그 증거였다.
 새빨갛게 잘 익은 수박 속.
 여우의 혼이 파먹었던 것보다 더 잘 익은 듯했다.
 이상한 비유긴 했지만, 꼭 잘 익은 고기를 보는 것 같기도 했다.
 '어? 혹시 여우의 혼이 수박을 먹은 게 그래선가?'
 빨간 수박 속. 그리고 여우는 육식에 가까운 잡식.

어쩌면 가능성이 아예 없는 건 아닐 수도 있겠다.
그럼 지금 계속 배고프다고 하는데 이 수박은…… 거의 생명수나 다름없는 거 아닌가?
어쩌면 생각보다 더 쉽게 해결할 수도 있을 것 같았다.
배부른 여우의 혼은 방심을 할 수도 있을 테니.
'얼른 만들자.'
확인을 위해서라도 지금은 여기에만 집중하기로 했다.
남은 반쪽은 역시 껍질과 속을 분리했다.
사각! 사각!
수박은 신기하게 자르는 것도 묘한 쾌감이 있었다.
큼직큼직해서 그런가?
시원하게 잘라서 큐브 모양으로 만들면 1차 준비 끝.
당연히 큐브 조각 하나는 맛을 봤다.
'……혼자 다 먹고 싶네.'
둘이 먹다가 다 뺏어서 혼자 먹고 싶은 맛이었다.
도시에서 혼자 살 땐 수박을 이렇게 먹을 기회가 잘 없었다.
혼자서는 한 통을 사기 좀 그랬으니까.
어쩌다 현장에 갈 때 한 통 사서 먹긴 했는데 그건 좀 복불복이라 좋은 기억은 많이 없었다.
그런데 그런 기억들을 모두 날려 버릴 맛이었다.
어느새 나도 모르게 다섯 조각째 먹다가 얼른 다음 조각을 내려놨다.
여우에게 홀리기 전에 수박에게 홀리겠다.

얼른 씨를 빼고 음료를 만들 준비를 했다.
 사실 수박으로 만들 음료는 거의 정해져 있다고 해도 과언이 아니었다.
 스무디와 주스, 그리고 화채, 우유.
 이미 충분히 단 수박은 설탕이라 꿀을 넣지 않아도 그 자체로 음료를 만들 수 있었다.
 다만 씨를 발라내는 게 조금 귀찮을 순 있겠지만…….
 툭— 툭— 툭—
 아무 생각하지 않고 하다 보면 결국 다 하게 되어 있다.
 목생의 재능을 발휘해서 그렇게 씨까지 발라내면 준비는 진짜 다 끝났다.
 '수박 주스랑 수박 라테.'
 주스는 수박을 넣고 갈아서, 얼음이 든 컵에 따르면 끝이었다.
 라테는 한 번 더 과정이 있긴 했다.
 먼저 지금 썰어 둔 것보다 더 작게 썰어서 컵에 반쯤 담고, 그 위에 꿀 조금을 넣었다.
 그리고 우유를 부으면 끝.
 수박 손질이 오래 걸리지, 음료는 진짜 금방이었다.
 다만 효과는 많이 넣지 않았다.

 —갈증 해소
 —더위 저항

―겉차속따

둘 다 같은 효과를 넣었다.
혹시나 나눠 마실 수도 있으니.
그리고 보니 새로운 특성이 나왔다.
매력으로 포장한 위장을 넣자 나온 겉따속차.
가끔 수아가 나보고 하는 말인데 이게 효과로 붙을 줄이야.
아무튼, 의도한 대로면 제대로 효과가 붙긴 했다.
'수박 주스지만 여우의 혼에게는 다르게 보이겠지.'
녀석이 '범의 기세'를 보는 게 맞다면 말이다.
그대로 음료를 가지고 나왔다.
"주문하신 음료 나왔습니다."
멍 때리고 있는 강도윤과 그걸 보고 있던 강나윤의 시선이 동시에 이쪽을 향했다.
그중에서 강도윤의 시선을 살폈다.
내게 향하던 시선은 이내 금방 주스로 향했다. 그러다 홀린 듯 다가오기 시작했다.
"기다려. 내가 가져올게."
"목말라…… 배고파……."
"알았어. 알았다니까?"
강나윤이 그런 강도윤을 막고 재빨리 음료를 가져갔다. 그리고 둘 다 강도윤의 앞에 내려 뒀다.
꽤 식탐이 많은 사람인데 저걸 다 양보하다니.

강도윤은 딱히 사양하지 않고 둘 다 손에 쥐고 벌컥벌컥 마셨다.
 그리고 나는 그걸 보면서 슬쩍 카운터에 나무 조각 하나를 올렸다.
 그건, 여우 모양의 조각이었다.
 그것도 진짜 여우 모습처럼 연기와 위장, 감화 등등.
 각종 속일 수 있는 효과를 덕지덕지 바른 나무 조각이었는데…….
여기서 끝내는 게 아니라, 수박 반쪽의 속을 파내고 안에 수박 조각을 채운 화채를 그 옆에 놓았다.
 당연히 여기도 효과를 붙였다.
 바로 음료에 넣은 효과와 동일하게.

* * *

 양손에 음료를 쥔 강도윤은 정말 게 눈 감추듯 금세 음료를 모두 먹었다.
 그러고도 입맛을 다시며 이쪽을 봤다.
 정확히는 카운터 위에 올려 둔 수박 반 통을 본 거지만.
 "왜? 부족해? 더 시켜 줘?"
 "……배고픈데."
 "알았어. 더 시켜 줄게. 여기서 기다려."
 강나윤이 그런 강도윤의 모습에 한숨을 쉬며 음료를 더 시키려고 했다.

물론 강도윤은 그러거나 말거나 여전히 여기로 눈이 고정되어 있었지만.

그러다 잠깐 여우 조각상에 눈길이 머무는 순간!

수박을 듬뿍 퍼서 먹었다.

아삭아삭.

달고 맛있는 화채가 입안 가득 들어와 씹혔다.

굳이 맛있다는 연기는 하지 않아도 될 것 같다. 정말 맛있으니까.

아까 맛을 봤는데도 또 맛있었다.

생각 같아선 이 자리에서 그냥 다 퍼먹고 싶을 정도.

내가 이 정도니 강도윤은 오죽할까.

그렇게 한 입 더 먹다가 강나윤이 돌아설 때쯤 가까스로 슬쩍 수박을 안쪽으로 치웠다.

마치 뭔가 먹다가 손님이 오는 걸 보고 치우는 것처럼 자연스럽게.

빙의된 강도윤에게는 더욱 군침이 도는 모습이 연출이 됐다.

"어머! 죄송해요. 뭐 드시고 계셨나 봐요."

"아닙니다. 괜찮습니다. 뭐 필요한 거 있으신가요?"

게다가 카운터로 온 강나윤에게도 자연스럽게 넘어갔다.

"음료 좀 더 주문하려고요. 수박 주스랑 라테 한 잔씩 더 주세요."

"이거 어떡하죠? 수박이 지금 다 떨어졌는데. 다른 건 아직 조금 더 익혀야 해서요."

"네? 없나요?"

"예. 이게 따로 사 온 게 아니라 저희 텃밭에서 키운 거거든요. 제가 먹던 건 남은 자투리라 사실 아까 음료가 마지막인데……."

배우 앞에서 연기라니!

하지만 재능으로 발현된 연기와 금생의 재능들은 그걸 가능하게 해 줬다.

강나윤은 전혀 눈치 채지 못한 채 아쉽다는 표정을 지었다.

"다른 걸로 드릴까요?"

"그건. 음. 잠깐만요."

강도윤에게 물어보려는 듯 강나윤이 다시 돌아갔다.

그리고 잠시 후.

"야? 강도윤? 지금 자?"

그대로 강도윤이 테이블에 쓰러지듯 잠들었고, 강나윤은 그걸 황당해하는 모습이 보였다.

동시에…….

사라랑~

잠든 강도윤의 몸에서 밝은 아우라들이 피워 나와 카페를 돌아다녔다.

'빙의가 없어졌어!'

놀랍게도 강도윤의 텍스트창에 빙의가 사라졌다. 그리고 뒤에서 칙칙한 아우라가 느껴졌다.

됐다.

여우의 혼이 여우 조각에 속아 그 안으로 들어간 것이다.
'진짜 되네.'
머릿속으로만 구현했던 게 현실이 되니 좀 얼떨떨했다. 혼이라는 게 이렇게 옮겨질 수 있다니.
사실, 이런 게 존재한다는 것 자체가 비현실적이라서 안 될 것도 없는 것 같긴 한데.
"이제 좀 자네요. 여태 잠도 안 자고 계속 배고프다고 했는데…… 휴우."
"동생분이 연기를 잘하시나 봐요."
"연기만 따지면 뭐, 저랑 비슷해요."
잘한다는 건가? 하긴, 이 사람 몰입 재능이 있을 정도로 연기를 잘하긴 하지.
자기애가 강한 사람이 인정할 정도의 연기 재능이면 진짜 잘하긴 하나 보다.
들어 본 적은 없는 것 같은데…….
"독립 영화나 주야장천 찍어서 많이 알려지진 않았어요. 지 말로는 기본부터 쌓고 올라가고 싶다나? 이 바닥이 그렇게 쉬운 줄 아나."
"하하. 그런가요? 그나저나 배우님은 음료도 못 드셨는데 괜찮나요? 다른 음료라도 해 드릴까요?"
"……신경을 좀 써서 그런데 순대랑 간은 없어요?"
전에 수아와 시아가 사 왔던 그 순대와 간을 말하는 듯했다.

아니, 근데 하필 왜 순대랑 간이야.

뒤통수 찜찜하게.

여우가 간을 좋아한다는 낭설이 떠올라서 슬쩍 뒤를 봤다. 다행히 여우의 혼은 얌전히 여우 조각상에 머물고 있었다.

[여우 조각상]
*상태
―여우의 혼이 결박됨

결박이라…….

다행히 저 상태에선 다른 곳으로 옮길 수 없는 모양이다.

안심하고 다시 강나윤을 봤다.

"분식집이 아니라서요."

"알죠. 알죠. 그냥 해 본 말이에요."

피곤함이 가득해 보이는 얼굴의 강나윤이었다. 일단 좀 쉬는 게 좋을 듯했다.

"수박 주스 드릴까요?"

"엥? 없다고 하지 않으셨어요?"

"생각해 보니 아까 아침에 반 통이 남은 걸 깜빡했네요."

"뭐예요~ 그게. 그럼 저도 주세요. 아까 엄청 시원하고 맛있어 보였는데 저놈이 다 마셔서 얼마나 아쉬웠다고요. 제가 여기 얼마나 오고 싶어 했는데 하필 계절 메뉴 재료가 떨어지다니…… 당장 만들어 주세요."

음식 이야기가 나오자, 말이 와다다 쏟아진다. 정말 먹는 것을 어지간히 좋아하는 것처럼 보인다.

그래도 뭐, 그것 정도야 간단하지.

그런 그녀에게 빙긋 웃으며 답해 주었다.

"하하! 예. 바로 만들어 드리겠습니다."

음료를 주문하고 강나윤은 자리로 돌아갔다.

아직은 강도윤이 또 어떻게 될지 몰라서 그런지, 조금 긴장하고 있는 것처럼 보인다.

하지만 확실히 아까 보단 편하게 쉬는 모습.

강도윤이 괜찮아진 걸 알게 되면 더 편하게 쉬겠지.

강나윤에게 그것 말고는 큰 이상은 없으니 얼른 음료를 만들어 주기로 했다.

물론 여우 조각상도 한 번 확인하고.

'괜찮네.'

문제없이 튼튼하게 결박하고 있었다.

바로 수박 주스 한 잔 시원하게 만들었다. 간단하게 효과도 넣었다.

―약한 외유내강

아무래도 동생을 보살피느라 심력을 많이 쓴 거 같아서.

그래서 이게 필요할 듯했다.

굳이 강화까진 하지 않았다. 이미 충분히 단단한 사람이었으니까.

그렇게 수박 주스를 강나윤에게 전달했다.

강도윤은 아직도 잠들어 있었다.

저쪽도 빙의가 되느라 정신력 소모가 컸던 모양이다.

"와! 이거 진짜 맛있네요!"

"수박이 잘 익었더라고요."

"그러고 보니 전에 여기서 탕후루도 먹었는데. 그것도 여기 텃밭에서 난 거라고 했죠?"

"예."

"텃밭에 누가 꿀이라도 뿌렸나 보네요. 어쩜 이렇게 달지?"

강나윤의 표현에 웃음이 새어 나왔다.

아무튼 전에도 느꼈지만, 외모가 주는 느낌과 다르게 털털하고 유쾌한 사람이었다. 애들하고도 잘 놀고.

얼굴은 딱 까칠해 보이는 여우상인데 말이다.

"이 참. 최근 드라마 봤습니다. 재밌던네요?"

"어머! 진짜요? 이거 또 제 팬이 하나 늘었겠는데요?"

"원래 팬이었습니다."

"거짓말하지 마세요. 그때 몰랐으면서."

들켰네.

물론 강나윤은 신경 안 쓴다는 듯 제 할 말을 했다.

"안 그래도 이제 드라마 끝나서 백수예요. 그래서 말인데요, 이참에 여기 내려올까 봐요."
"예?"
설마 이 사람도 한송이처럼?
에이, 농담이겠지.
"보시다시피 제 동생 상태도 이래서 좀 고민 중이에요. 여기 공기도 좋고 무엇보다 이런 카페도 있으니 한 번 생각해 봤어요."
"시골 생활이 생각보단 쉽지 않습니다."
"그래요? 근데 저번에 지나갈 때 보니까 저보다 어려 보이는 분도 같이 있던데. 혹시 부인? 여친? 썸?"
"솔로한테 말이 심하시네요."
"헐. 혼자예요?"
그게 그렇게 놀랄 일인가.
그나저나 헐이라니, 이 사람도 나와 동년배이긴 한가 보네.
수아가 들었으면 아주 난리가 났겠다.
구석기 때 반응이라고 말이지.
"아무튼 그냥 마을 친구인 거네요?"
"그렇죠. 단골이기도 하고."
"오…… 단골이요? 단골이면 뭐 있어요? 서비스라든지?"
마침 원했던 질문이었다.
이번에 받았으니까.
"예. 여기 있습니다."

강나윤의 말에 자신감 있게 쿠폰을 줬다. 김하나가 준 최종 시안대로 만든 쿠폰이었다.

 에스프레소 잔 위에 아우라가 일렁거리는 듯한 모습을 선만 따서 만든…….

 거기에 배준호가 명함 파는 곳을 소개해 줘서 거기서 뽑았다.

 그래서.

 "와, 쿠폰이에요? 무슨 쿠폰이 이렇게 예뻐요? 심지어 웬만한 명함보다 재질도 좋아."

 보이는 것도 좋지만 그 안에 담긴 건 더 좋았다.

 '도장을 찍어 줄 때마다 효과가 담기는 쿠폰.'

 도장은 랑이의 발바닥을 본떴다.

 무려 츄르 다섯 개를 지불하고 받은 발바닥 도장이기에 참 귀했다.

 "음료 다섯 잔 이상이면 한 잔 무료? 보통 열 잔 아닌가? 너무 좋은데요?"

 "자주 오세요."

 "진짜 이사를 와야겠네요."

 이러다 오는 손님들 다 여기 마을에 오는 거 아냐? 물론 그럴 리는 없겠지만.

 "근데~ 그 마을 친구 분. 혹시 여기 사는 거예요? 아님, 놀러 오는 거?"

 강나윤의 말에 그녀를 빤히 봤다.

 뭐지? 뭔가 묘한 감이 오는데.

아까부터 계속 한송이 씨한테 관심을 가지는 것 같기도 하고.

혹시…….

"오늘 한송이 씨 보러 온 거예요?"

"앗! 벌써 들켰어요? 네! 맞아요. 작가님도 여기 온 목적에 하나였죠. 근데 송이 작가님 본명이 한송이셨구나~!"

역시 맞았다. 어쩐지 계속 관심을 가지더라니.

개인적으로 친분은 없는 것 같던데 이유는 뭐지?

'드라마?'

신작은 아직 연재도 안 했는데?

뭐 그거야 내가 관심 가질 건 아니니.

"이와 이렇게 된 김에. 좀 물어볼게요. 작가님 여기 단골이시니까 어떤 음료 좋아하시는지 알겠네요?"

"대체로는요."

"그럼 사시는 집은 어딘지 알 수 있을까요?"

"음, 그건 본인한테 물어보셔야 될 것 같은데요? 개인정보니까요."

"그건 그러네요. 자만추가 역시 좋겠죠? 혹시 사람 만나는 거 불편해하시거나 그런 건 어때요?"

"딱히 그렇지 않은 것 같긴 한데……."

이것 참. 듣다 보니 유명 배우는 강나윤이 아니라 한송이 같은 느낌이다. 심지어 강나윤은 팬이고.

그만큼 한송이를 보고 싶은 건가?

그렇다면.

"저한테 묻는 것보단 직접 묻는 게 낫지 않을까요?"
"네?"
"저기 오네요. 마침."
한송이가 카페로 오고 있는 모습이 공터에 보였다.
새벽일을 하고 낮잠을 푹 잔 뒤 오는 것 같았다.
"헉. 저 어떡해요? 너무 떨리는데? 긴장해서 실수하면 어떡하지?"
"……안 그래 보이시는데요?"
"제가 원래 겉으로는 티가 안 나서."
그런 것치고는 그냥 신난 것 같아 보인다. 한송이도 이쪽을 봤는지 눈이 동그랗게 변했다.
딸랑~ 딸랑~
"어서 오세요~"
"네? 아, 안녕하세요~"
주인은 나인데 왜 강나윤이 맞이를 하는 거지. 그리고 한송이는 또 왜 그걸 자연스럽게 받냐고.
조금 어이가 없었지만, 차라리 잘 됐다. 둘이 얘기를 하는 사이에 나는 또 내 일을 하면 될 것 같으니까.
"강나윤 배우님 맞죠?"
"어머! 저 아세요? 저도 작가님 아는데!"
"정말요?"
"그럼요! 저희 별그램도 서로 팔로우하잖아요."
"네네. 맞아요. 얼마 전에 맺었죠?"
누가 팬이고 누가 연예인인지는 모르겠지만, 어쨌든 팬

미팅 같은 모습이었다.

강도윤 쪽을 보니 저긴 진짜 기절 모드인 것 같으니…….

"아차차! 음료 혹시 뭐 드실 거예요? 제가 사 드릴게요!"

"아뇨. 안 그러셔도 되는데…… 쿠폰 받아야 해서……."

"아하! 그럼 다음에 살게요."

"네."

한송이에게 주문을 받았다.

역시 수박 음료를 보자마자 그것부터 시켰다.

수박 스무디 한 컵을 빠르게 만들어 줬다. 그리고 둘이 얘기를 나누는 사이에 나는 다시 주방으로 들어왔다.

이제 좀 시간이 생겼다.

그럼…….

"이건 어떻게 한다."

여우 혼이 빙의가 된 조각상을 들고 뒷마당으로 나왔다. 그러자 조각상이 갑자기 떨렸다.

"응? 아."

뒷마당에서 놀던 랑이, 토리, 그리고 백구까지 여우 조각상을 둘러싸고 냄새를 맡기 시작했기 때문이었다.

아까 전 일을 떠올려 보면 바로 이해가 갔다. 아직 녀석들에게 범의 기세가 남아 있었으니까.

"대화는 할 수 있나?"

우웅! 우웅!

"아, 할 수 있어?"

그게 된다니.
황급하게 아우라를 공명시키는 걸 보니 급한 모양이다.
"백구야, 그거 핥으면 안 돼. 랑이 넌 때리지 말고."
하는 말과 다르게 둘을 밀어내진 않았다. 여우의 혼과는 조금 우위를 잡고 대화를 해야 될 듯하니.
덜덜덜!
'이쯤 할까.'
진동하는 여우의 혼이 깃든 조각상을 다시 들었다.
"그럼 뭐부터 들어 볼까…… 아! 우선 너, 뭐야? 그리고 목적이 뭐야?"

4장

4장

여우의 혼과 대화를 할 수 있을 거 같은 재능들을 모조리 펼쳐 보았다.

왠지 그렇게 하면 말이 통할 거 같은 생각이 들었거든.

그래도 멧돼지, 여왕벌 등등의 비현실적이면서 신비한 일들을 많이 겪어서 그런지, 일단은 지금 상황을 잘 받아들였다.

그 둘에 비하면 조각상에 갇힌 여우의 혼은 얌전한 것도 있지만.

'아까 강도윤의 몸에서 빼내 오지 않았으면 또 모르지.'

아무튼 공명과 감각을 통해서 소통에 필요한 재능들을 최대한으로 펼치며 여우의 혼과 어떻게든 대화부터 했다.

"몸은 어디 있어?"

우우웅~

"없어? 하긴."

있으면 혼이 아니라 본체가 왔으려나?

그럼 텃밭에서 서리를 한 건 어떻게 한 거지?

"아, 빙의."

강도윤에게 빙의가 되기 전에 다른 산짐승에 빙의를 했단다.

다만 그때는 빙의를 해도 제대로 컨트롤 하기 힘들어서 얼마 가지 않아 옮겼다고.

'그리고 그 새롭게 옮긴 사람이 바로 강도윤이라는 말이네.'

이유는 예상대로 강도윤의 신들린 연기에 빙의를 하게 되었다는 모양이다.

역시 재능이 원인이었군.

그나저나.

"여기에 다시 온 건 수박 때문이야? 배고프면 다른 거 먹으면 되잖아."

우웅! 웅!

대체로 소심하게 반응하던 녀석이 이번엔 조금 격하게 반응을 보였다. 마치 그게 아니면 안 된다는 듯 말이다.

"수박이 그렇게 먹고 싶어?"

웅웅!

"그럼 그거 실컷 먹고 나면 어떡할 거야?"

사실 어디서 왔고, 또 뭘 하고 싶은지는 이것을 알기 위한 포석에 불과했다.
 과연 여우의 혼은 어떻게 해야 할까. 혹은 어떻게 처리해야 할까.
 그걸 물어본 거다.
 앞서 두 번이나 비슷한 일을 겪었기 때문인지 몰라도, 여우의 혼이 그냥 여기까지 흘러 들어왔을 것 같진 않았다.
 멧돼지는 브라우니를, 여왕벌은 봉봉이를.
 무언가를 위해서, 혹은 목적을 가지고 왔다.
 그리고 그 목적을 이뤄주자 둘 다 편안하게 떠났다. 그러니 여우의 혼도 부디 그랬으면 좋겠다.
 그리고 그렇게 목적을 이룬 뒤에는 편안하게 쉬었으면 좋겠다.
 어쨌든 호랑이 쉼터를 찾아온 손님이니까.
 우웅!
 "자고 싶다고? 너무 시끄러웠어?"
 웅웅!
 "배부르게 먹고 낮잠 늘어지게라……."
 그거, 우리 카페에서 잘하는 녀석 있는데.
 그것도 둘이나.
 스윽.
 고개를 돌려 랑이와 백구를 봤다.
 지금 보니 이제 '범의 기세' 효과가 없어졌다.

혹시 그렇다면……!

'아니야.'

함부로 애들한테 여우의 혼을 보낼 순 없었다. 어떻게 될지 모르는 일이니까.

……그래, 쉽게 결정할 수 없는 일이었다. 그러니 조금 더 신중해 보자.

"그 전에 일단 네 얘기 좀 듣자. 어떻게 살다가, 또 어쩌다가 이렇게 됐어?"

처음으로 여우의 혼이 답을 하지 않고 잠잠하게 있었다.

기억을 떠올리는 건지, 아니면 마땅히 할 대답이 없는 건지 모르겠지만 일단 기다려 줬다.

그러자 얼마 지나지 않아 여우 조각상이 진동했다.

그런데 이번엔 그냥 진동을 하는 게 아니었다. 아우라들이 녀석의 주변으로 몰려들었다.

저건, 몰입!

그래, 내가 몰입을 쓸 때와 비슷한 모습이었다. 그런데 그게 뭐랄까, 시점이 다르다고 해야 하니?

내가 쓰는 몰입은 기억 속으로 들어가는 거다. 하지만 여우의 혼이 쓰는 몰입은, 역으로 이야기를 보여 주는 타입인 듯했다.

마치 TV를 보는 것처럼 말이다.

'이런 방법이 있었어?'

꽤 놀랐지만 지금은 일단 여우의 혼이 보여 주는 것에

집중했다.
 확실히 내가 쓰는 몰입과는 다르게 현실감은 떨어졌다. 아우라의 덩어리들이 적당히 보인다고 해야 하나?
 그냥 적당히 선만 따라서 그린 듯 성의 없는 그림체의 웹툰을 보는 듯했다.
 '사실 그냥 아우라들이 움직이는 거랑 별반 차이가 없는 것 같은데.'
 그래서 그런지, 미약하지만 자아를 가진 아우라들이 연기를 하는 것 같기도 했다.
 "쟤가 너야?"
 우웅!
 다행히 주인공은 바로 알아봤다.
 살아생전 여우로 추정되는 아우라가 신나게 뛰어놀고 있었다.
 산인지, 들인지, 자연 속 그 어딘가로 추정되는 곳이었다.
 자고, 먹고, 또 자고.
 그렇게 자연을 벗 삼아, 또 집을 삼아 여우는 즐겁게 살았다.
 그런데…….
 쿠쿠쿵!
 한눈에 봐도 심상치 않은 붉은빛의 아우라가 등장했다.
 그 아우라는 주변을 그와 같이 물들였다.

자연이 황폐화해지자 여우는 그를 피해서 점점 멀어졌다.

그리고 배가 고파졌다.

배부르게 먹고 즐기던 낮잠도 이제 할 수 없었다.

스르륵!

그 모습을 끝으로 여우의 혼이 보여 주던 아우라들이 사라졌다.

"……터전을 잃었구나."

우웅!

여우는 자신이 평생을 살던 곳을 무언가에게 잃은 게 분명해 보였다.

그렇게 떠돌다가 결국 이렇게 된 건데, 배고픔과 낮잠에 대한 미련이 컸던 모양이다.

"원망스럽진 않아? 뺏겼는데?"

우웅?

무슨 말인지 모르겠다는 듯 여우의 혼이 말했다.

순수해서 그런 마음도 들지 않았던 건가?

녀석은 그저 그냥 배고픔과 낮잠을 잘 수 있는 편안한 곳이 필요했을 뿐이었다.

그리고 그곳이 마침 호랑이 쉼터와 일치했고.

이야기를 듣고 나니, 결심이 섰다.

이 아이를 어떻게 할지 말이다.

물론 아까 말했듯, 여태껏 없던 일이기에 어떤 식으로 결과가 나타날지는 아무도 모르는 일이긴 했다.

하지만.

"좋아."

여우 조각상을 들고는 단호하게 말했다.

"그거, 내 몸에 들어와서 해."

우웅!?

내 말에 놀란 듯 여우의 혼이 심하게 떨렸다.

정말 그래도 되냐는 듯.

뭔가 친구 없는 애한테 친구 하자고 하자 보이는 반응 같아서 짠했다.

"그래. 들어와."

조각상을 들고 말했다.

빙의라는 게 어떻게 되는지 정확히는 모른다. 하지만 강도윤의 경우는 신들린 연기를 하다가 된 거였다.

그러니 연기와 몰입의 재능을 동시에 사용했다.

우우우웅!!

그 순간!

여우 조각상에서 아우라가 터져 나오더니…….

스르륵!

그대로 내게 흡수가 됐다.

마음을 단단히 먹긴 했지만, 막상 여우의 혼이 들어오니 살짝 긴장했다.

혹시 모를 사태를 대비해 언제든 토생의 재능을 쓸 수 있게 준비도 했다.

그런데…….

"응?"
따끔!
갑자기 볼이 따끔해졌다.
마치 벌에게 쏘인 것처럼 화끈함도 느껴지면서 동시에 정신도 청량한 느낌이 들었다.
뭐지?

―여왕벌의 증표

아! 이것 때문인가?
근데 갑자기 이게 왜…… 설마 빙의가 안 된 건가?
"여우야?"
혹시 몰라서 조각상에 대고 불렀다. 그런데 답이 없었다.
아까와 같이 기억을 떠올리려고 침묵하는 게 아니라, 그냥 여우의 혼이 없어서 그런 거였다.
그렇다면 여우의 혼이 내게 들어온 건 맞는 것 같은데…….
샤라랑~ 퐁!
아우라가 갑자기 손바닥에서 나오더니 이내 모습을 형상화했다.
바로 여우의 모습이었다.
크기는 브라우니와 비슷해서 아주 작은 편이었지만, 그래도 아까 몽글몽글하게 보일 때와는 확실히 실제와 비슷했다.

"이렇게 됐구나."

여왕벌의 증표 덕분에 빙의가 아니라 브라우니처럼 된 것 같았다.

여우는 본인도 신기한 듯 허공을 이리저리 뛰어다녔다.

그러다 브라우니를 발견하고 와다다 뛰어갔다.

꾸루?

끼잉~!

그러고는 냅다 배를 까뒤집고 브라우니에게 애교를 피웠다.

저게 바로 보는 순간 홀린다는 여우의 애교!

'왜 여우, 여우 하는지 알겠네.'

풍성한 꼬리를 흔들고, 얼굴은 헤헤 웃으며 뒹굴뒹굴 애교를 피우는데 어떻게 안 넘어갈까.

브라우니도 처음엔 좀 당황스러운 눈치였지만 이내 그런 여우를 받아 줬다.

근데 이러면 그냥 끝난 건가?

그럼 좋긴 좋은데.

이거 여왕벌의 증표 덕분에 우려했던 문제도 없이 여우의 혼을 달래 준 것 같았다.

아니, 달래 주고 있는 건가?

브라우니에게 애교를 부리던 녀석은 다른 아우라들에게도 똑같이 애교를 부렸다.

그리고 내게도 왔다.

"그래. 이렇게 있는 동안은 여기서 편하게 지내."
비록 살아서는 하고 싶은 걸 못 했지만, 이 모습으로는 가능하겠지.
끼잉~
여우의 혼이 고맙다는 듯 볼에 자기 머리를 비볐다.
솔직히 걱정이 없었다면 거짓말이겠지.
그런데 이렇게 잘 풀려서 너무 다행이었다.
"배는 안 고파? 먹을 건 어떡하지?"
끼잉~
왠지 그냥 달라고 하는 것 같아서 주방에 들어와 수박 조각을 여우 아우라에게 줘 봤다.
그러자…….
아삭! 아삭!
놀랍게도 여우 아우라는 수박 조각을 씹어서 먹었다.
그것도 아주 맛있게.
"실체가 있어?"
아닌데? 분명 아우라로 만들어진 건데?
샤랴랑~
그런 의문을 풀어 주겠다는 듯 여우에게서 아우라의 조각 하나가 나와 내게 흡수가 됐다.

〉여우 구슬

몸속으로 들어온 아우라 조각은 작은 구슬 모양으로 그

대로 자리를 잡았다.

그리고 수박을 먹으면 그 구슬 속으로 아우라가 채워졌다.

'수박을 아우라로 바꿔서 저장할 수 있는 건가?'

아니, 꼭 수박만은 아닌 것 같았다.

"이것도 먹어 볼래?"

끼잉~!

샤인 머스캣도 한 알 줘 봤다.

역시 잘 먹었다.

그리고 그것 또한 아우라가 되어 저장됐다.

물론 그 양은 많지 않았다.

아우라 상태가 안 좋은 손님을 힐링시켜 주고 얻는 것에 비하면 말이다.

그래도 이런 방식으로도 아우라를 채울 수 있다는 건 분명 엄청난 재능이었다.

새로운 아우라 저장 방법이니까.

'안 그래도 요즘 아우라 쓸 일도 많은데.'

잘 됐다.

"잘 부탁해."

끼잉~

자기가 더 잘 부탁한다는 듯 또 애교를 부린다.

이렇게 된 이상 이 녀석도 이름을 지어 줘야겠지?

여태까지 겪어 본 바에 의하면 이름을 붙여 주면 좋은 일이 생겼다.

"뭐가 좋을까. 음…… 아! 미호, 어때?"
끼잉!
마음에 든다는 듯 꼬리를 흔들었다.
"그래. 이제 넌 미호야."
우우웅!!
앞으로 미호가 된 여우에서 아우라가 진동했다.
그리고 폭발적으로 빛을 쏟아 내더니……!
사락!
꼬리가 하나 더 생겼다.
"꼬리 두 개?"
의도한 건 아닌데 설마 이렇게 계속 꼬리가 자라서 구미호가 되는 건 아니겠지?
의문을 품기도 전에 아까 미호가 뿜었던 아우라 일부가 내게 스며들었다.

〉미호의 체화

그리고 새로운 재능을 주었다.
아낌없이 주는 여우가 따로 없네.
하아암~
"졸려? 그럼, 저기 공터 아무 곳에 가서 좀 쉬어. 사람들이 너는 못 볼 테니까 편하게 쉬어도 될 거야."
끼잉~
수박 두 조각, 샤인 머스캣 한 알을 먹고 배가 부른 듯 미호가 하품을 했다.

낮잠도 녀석이 좋아하는 거라고 했지? 공터에는 딱 녀석이 좋아할 빛 잘 들고 쉬기 좋은 곳들이 많았다.

미호도 이미 봐 뒀는지 바로 밖으로 나갔다.

그리고 한 쪽에 자리를 잡더니 바로 졸기 시작했다.

샤라랑~

낮잠을 청한 미호에게서 아우라가 나와 주변을 노닐었다.

아무래도, 쉼터에 긍정적인 힘을 불어넣어 줄 녀석이 또 온 듯했다.

"좋네."

"엥? 뭐가 그렇게 좋아요?"

미호를 보며 한 중얼거림인데 언제 왔는지 강나윤이 물었다. 옆에는 한송이도 있었다.

그나저나, 이 두 사람은 그새 얼마나 친해진 거지?

"흐아아암~! 잘 잤다!"

의아하던 찰나, 창가 테이블 쪽에 엎드려서 기절하듯 자던 강도윤이 깨어났다.

아까까지 기분이 좋아 보이던 강나윤이 그 모습에 살짝 긴장하는데……

"응? 뭐지? 여긴?"

"강도윤. 너 괜찮아?"

"어? 누나? 나 여기 어디야?"

"그것도 기억이 안 나?"

"어…… 나는 것도 같은데 뭐지? 방금 되게 기분 좋은 꿈을 꿨거든? 거기서 막 내가 여우가 돼서 저기를 막 뛰어놀았던 것 같은데? 나 여기 와 봤나?"

강도윤의 말에 속으로 살짝 놀랐다. 다행히 또 빙의된 건 아닌 것 같고.

'미호의 잔재 때문에 잠깐 꿈에서 기억이 공유된 건가?'

아무래도 그런 거 같다.

그때! 강나윤이 그런 강도윤에게 헛소리 말라며 뒤통수를 내려찍었다.

빡!

"꿈 깨! 자식아! 내가 너 때문에 여기까지 오느라 얼마나 고생했는지 알아?"

"누, 누나. 방금 꿈이 아니라 박이 깨지는 소리 났다고!"

강도윤이 뒤통수를 잡으며 도망을 쳤다. 그런데 하필 그쪽이 이쪽이었다.

"어?"

빠르게 달려오던 강도윤과 눈이 마주쳤다.

그러자 강도윤이 도망치는 것도 잊고 멍하니 보면서 멈춰 섰다.

* * *

다행히 유혈 사태는 일어나지 않았다.

한송이의 눈치를 본 강나윤이 적당하게 강도윤의 등짝 정도만 응징했을 뿐이었다.
 그리고 강도윤은……
 "꿈에 진짜 봤는데."
 "저를요?"
 눈이 마주친 뒤에 한 말이었다.
 꿈에서 나를 봤단다. 당연히 그에 대한 내 반응은,
 "꿈이 아니라 여기서 보지 않았을까요? 제가 수박 음료도 해 드렸는데."
 "그런가요? 그런 것 같기도 하네요."
 "예. 너무 낮잠을 잘 자서 헷갈리셨나 봅니다. 많이 피곤해 보이셨는데 지금은 괜찮으신가요?"
 "네! 몸이 진짜 가뿐한데요?"
 강도윤이 방방 뛰려고 하자 옆에서 강나윤이 또 등짝을 때렸다.
 하지만 개의치 않고 계속 움직이는 그.
 평소 단련이라도 됐나? 잘 버티네.
 아무튼 강도윤에게도 문제는 없이 잘 해결이 된 것 같았다.
 빙의라는 초유의 상황이었는데…….
 '여왕벌 덕분에 큰 고비도 넘겼고.'
 무사히 넘어간 것 같아서 기분은 좋았다.
 또 이어진 강도윤의 말에도 더 기분이 좋아졌다.
 그런데 하나 특이한 게 있었다.

"아…… 음, 그, 수박, 진짜 맛있었어요."
"그래요?"
"네…… 그래서 꿈에서도 나왔나 봐요."
"하하! 감사합니다."
"저도 감사합니다."
갑자기 진정이라도 된 건지, 현실로 인지를 한 건지.
강도윤이 아까와 다르게 조용히 말했다.
강나윤 쪽을 슬쩍 보니.
"얘가 원래 연기를 하거나 카메라 앞에 있으면 안 그런데, 평소에는 조용하고 수줍음이 많아요."
"그런가요? 아까는 뛰어다니시던데."
"그건……."
아까까진 아직 미호의 잔재가 남아서 그랬는데 이제 그게 진짜 다 빠져나간 건가?
그럼 더 다행이긴 했다.
강도윤의 모습은 조금 적응이 어렵지만. 어차피 잘 알던 사람도 아니라 성격이 갑자기 바뀌었다고 영향은 크게 없기도 했다.
"그나저나, 작가님하고 배우님은 얘기 잘하셨어요?"
내가 안에서 미호와의 일을 해결하는 동안 둘은 계속 대화하고 있었다.
사이가 좋아 보이는 것도 그 때문인 것 같은데, 대체 무슨 얘기를 했는지는 모르겠다.
"네! 나윤 님이 제 팬이시래요!"

"그리고 작가님도 제 팬이시라네요?"

한송이는 즐거운 표정으로 강나윤은 슬쩍 으스대는 표정으로 말했다. 그리고 그에 대한 감상은,

"그렇군요."

이 정도면 되지 않을까 싶다.

사실 크게 궁금한 것까진 아니었으니.

둘은 생각이 조금 다른 듯했지만, 난 재빨리 저 뒤에 공터에서 달려오는 아이를 가리켰다.

"수아 오네요. 그러고 보니 배우님도 아시죠? 전에 순대 사 온 친구인데."

"알죠. 알죠! 그걸 모를 수가 없죠."

딸랑~딸랑~

강나윤의 말이 끝나기 무섭게 수아가 들어왔다.

뭐 저렇게 급하게 뛰어왔지?

"아저씨!"

"응? 왜? 무슨 일 있어?"

"수박!"

"……어? 수박이 왜?"

얘가 또 어디서 수박 메뉴가 생겼다는 걸 들었나?

근데 그걸 들려줄 사람은 여기 두 사람 중 하나밖에 없는 것 같은데.

그보다 그래서 그것 때문에 이렇게 뛰어왔다고?

"언니가 말해 줬어요! 수박 많이 없다고!"

"아."

4장 〈219〉

강나운에게 들었구나.

수박이 많이 없다는 소리는 그녀에게 말했으니.

둘이 또 별그램 팔로워도 했다더니, 그렇게 얘기도 하는 사이였나?

"괜찮아. 너 줄 건 남겨 놨어."

"어? 진짜요!?"

"그럼."

애초에 당장 부족할 정도로 양이 없지도 않았으니까. 양이 없다고 한 것은 미호를 끌어내기 위한 연기였으니.

물론 뒷말은 굳이 하지 않았다.

기뻐하는 수아의 모습을 보니 그럴 수가 없기도 했고.

"예쓰! 수박이다!"

"그렇게 좋아?"

"저는 여름을 수박 때문에 기다린다고요."

"……그 정도였는 줄은 몰랐네."

진짜 수박이 부족했으면 큰일 날 뻔.

아무튼 수아 덕분에 카페 안의 분위기는 완전 바뀌었다.

강도윤의 일은 언제 있었냐는 듯, 모든 게 강도윤의 원래 성격처럼 조용히 잊혔고.

강나운과 한송이는 수아와 수다를 떤다고 정신이 없었다.

'또 북적북적해졌네.'

슬며시 입가에 미소가 걸렸다.

슬쩍 보니 미호도 잘 자고 있고…….

여름의 발랄한 모습 같은 풍경이라 보는 것만으로도 기분이 좋았다.

물론 여기 맛있는 음료까지 더해지면 더 좋겠지.

얼른 주방 안으로 들어왔다.

* * *

며칠 뒤.

쩍!

수박 쪼개지는 소리가 시원하게 났다.

이 소리가 난 장소는 카페의 안이 아니었다. 바로 카페 앞 물이 흐르는 냇가였다.

제법 괜찮은 곳에 캠핑용 의자와 장비를 펼치고 테이블까지 펼쳐서 임시 카페를 열었다.

이게 왜 이렇게 된 거냐면…… 한송이와 강나윤, 그리고 수아가 모인 그날로 돌아가야 했다.

그때 분위기 좋게 음료들을 마시면서 신나게 수다를 떨 때 막았어야 했다.

하지만 나도 그때 미호 일도 있고 해서 기분이 좋았던 관계로 막지 않고 보기만 했다.

처음에는 그래도 됐다.

수아가 강나윤에게 호기심을 보이며 질문 폭탄을 던지고, 강나윤은 그런 수아를 귀여워하며 답해 주는 정도였으니까.

  그런데 한송이가 갑자기 수아가 했던 말을 떠올리며 냇가에서 놀았으면 좋겠다는 말을 던졌다.

  '그 뒤로는 뭐…….'

  일사천리였다.

  순식간에 모임이 만들어졌다.

  바로 여름 냇가 물놀이 모임!

  그리고…… 이렇게 된 것이다.

  "우아아아~"

  웬 홍학 모양의 튜브를 탄 수아가 냇가를 둥둥 떠다녔다.

  깊지 않은 곳이긴 한데, 그래도 혹시 몰라 구명조끼는 입은 모습이었다.

  그리고 그 주변에는 한송이와 강나윤이 있었다.

  둘 다 튜브를 타고 있었다.

  냇가에서 수영하기엔 물이 얕아서 저게 최선이었다.

  다행히 물살은 제법 있어서 오히려 튜브 타고 노는 맛은 있는 것 같지만.

  "넌 가서 안 놀아?"

  "네. 노는 것보다 먹는 게 좋아요."

  "그, 그래."

  수아가 데리고 온 시아는 물놀이엔 별 관심이 없는 듯 내 옆에 붙어 있었다.

  정확히는 방금 내가 쪼갠 수박 옆이겠지만.

그리고 한 사람 더 붙어 있었는데, 그건 바로 강도윤이었다.

"도윤 씨는 가서 안 놀아요?"

"저는 물을 무서워해서……."

조금은 내향적인 듯한 원래 성격의 강도윤은 손을 저으며 절대 물놀이하지 않겠다는 의사를 철저히 드러냈다.

……그럼 왜 온 거야?

이유는 모르겠지만 뭐, 놀러 왔는데 왜 왔냐고 묻는 건 실례인 것 같아서 하지 않았다.

그리고 노는데 꼭 물 속으로 들어가 물놀이할 필요도 없긴 했다.

여기 그늘만 만들어 놓고 아래에 있어도 물가라서 그런지 바람이 제법 시원했으니까.

이렇게 멍하니 물이 흐르는 걸 보는 것도 힐링이었다.

당연히 여기에 시원한 먹을 걸 곁들이면 더 좋고.

저벅! 저벅!

잠깐 수박을 손질하는 동안 또 한 명이 왔다.

이선아였다.

옆에는 백구도 같이 있었다.

"왔어?"

"응."

"너도 물놀이하게?"

"아니."

그래. 너도 그냥 여기서 물 멍이나 때리자.

이거 이러고 보니 완전 성향이 나뉘는 것 같다. 그냥 아무것도 안 하고 쉬고 싶은 사람과, 노는 게 곧 쉬는 사람들.

'한송이 씨는 좀 의외긴 한데.'

뭐, 잘 노는 건 좋은 거니.

그렇게 물 멍, 사람 멍 반반 구경하며 힐링을 하는데…….

"응?"

"아, 안녕하세요?"

"어…… 어? 안녕하세요? 그, 맞죠?"

이제야 서로 봤는지 이선아와 강도윤이 인사를 했다.

그런데 이선아의 반응이 조금 신기했다. 날이 덥긴 한데 왜 갑자기 볼이 빨개지지?

"팬임!"

오?

이선아가 저렇게 부끄러워하면서 말하다니.

심지어 강도윤의 팬이라니, 이건 또 의외의 인연이네.

"팬임이 뭐야. 팬이에요, 라고 하든가."

근데 첫 마디가 저게 뭐야 도대체?

게임 방송하면서 쓰는, 당황하거나 놀라면 저렇게 나오곤 하는 말투였다.

이장님은 이미 포기한 것 같지만 나는 들을 때마다 적응이 쉽지 않았다. 물론 그러거나 말거나 이선아는 깔끔하게 내 말은 무시했지만.

"가, 감사합니다."

"어쩌다 이런 곳에?"
"아, 그게. 배우고 싶은 게 있어서요."
"아~ 배워요? 뭘요?"
이선아와 강도윤의 대화가 이어졌다.
주로 이선아가 질문하고 강도윤이 조심스럽게 대화하는 거였지만…….
어쩐지 왠지 흥미진진했다.
그래서 옆에 있던 시아와 함께 달고 시원한 수박을 먹으며 들었다.
갈아서 음료로 먹는 것도 좋지만 역시 수박은 그냥 시원하게 해서 큼직큼직 대충 잘라 먹는 게 제일 맛있는 것 같았다.
껍질 부분을 잡고 한 입씩 베어 물다가 씨는 혹시 몰라 잘 모아 뒀다.
그나저나, 저 둘의 대화는 저기 물놀이와 물 멍보다 더 재미있는 것 같은데?
시아도…… 는 아니구나.
얘의 목적은 오로지 수박이었다.
참 한결같이 잘 먹어.
나중에 갈 때 정성훈 씨랑 같이 먹으라고 수박 좀 썰어 줘야겠다.
그때!
"어, 카페 사장님의 느낌이요."
"엥?"

이건 나도 이선아와 같은 표정으로 강도윤을 바라보게 되는 답이었다.

  카페 사장이라면 나를 말하는 것 같은데, 내 느낌? 그게 뭐지?

  "저요?"

  "예. 이번에 사실 시골에 귀농한 청년이 거기서 힐링하는 독립영화에 캐스팅됐거든요. 근데 거기에 딱 어울리는 분위기셔서……."

  내가 그런가?

  잘 모르겠지만 뭐 강도윤 씨가 그렇게 생각한다면야 그런 건데…….

  "그래서 그런데 혹시, 실례가 안 된다면 카페에서 잠시 알바를 할 수 있을까요?"

  "갑자기요!?"

  "네, 갑자기요."

  강도윤이 조용히, 하지만 정말 하고 싶다는 의지를 보여 주며 물었다.

  내향적이지만 그래도 자신이 하고 싶은 일에는 이렇게 적극적인 사람인가 보다.

  하긴 강나윤에게 들었을 때, 연기를 하면 사람이 달라진다고 했으니.

  아마 이것도 그런 관점에서 같은 것 같았다.

  원하고 하고 싶은 것에는 성격이 달라지는 것이다.

  하지만.

"죄송한데 알바는 딱히 구할 생각이 없어서요."
"아……."
그건 그거고, 나는 따로 호랑이 쉼터에 알바를 구할 생각이 전혀 없었다.

일단 텃밭도 있고, 또 호랑이 쉼터에 누가 같이 있으면 왠지 아우라들과 대화하거나 노는 게 조금 불편할 수도 있을 것 같았다.

강도윤에겐 미안하지만, 거절했다.

아쉬워하는 모습이 꼭 버림받은 강아지 같아 짠했지만, 그래도 어쩔 수 없었다.

그때!

"귀농이면 혹시 우리 밭에서 일 안 하실래요? 가끔 카페에도 가면 될 텐데."

이선아가 잽싸게 제안했다.

쟤도 저렇게 적극적인 애였던가?

성향으로 따지면 사실 이선아나 강도윤이나 크게 다르지 않을 텐데.

일단은 이선아도 방구석을 좋아하는 내향인이니까.

'이건 또 흥미롭네.'

다시 시청자 모드로 둘 사이를 봤다. 그리고 수박도 먹으려는데…… 없네?

"그새 다 먹었어?"
"네."
"……그래. 잘 먹네. 하나 더 썰어 줄까?"

끄덕끄덕.

그걸 굳이 왜 묻냐는 시아의 표정에 얼른 남은 반 통을 마저 썰었다.

그리고 마침 실컷 물놀이를 한 사람들도 왔다.

"수박 좀 드세요. 수아야, 수박 먹어."

"네에!!"

이선아와 강도윤의 대화가 시끌시끌한 세 사람으로 인해 잠시 멈추긴 했는데.

이것도 나쁘진 않았다.

마치 다음 편을 기다리는 마음이라고나 할까.

"아저씨! 우리 수박씨 얼굴에 붙이기 해요!"

"그게 언제 적 고리타분한 놀이야?"

"음. 아저씨 어린 시절이요?"

"……하자."

딜 교환이 실패했다.

그냥 수아가 하자는 놀이나 하기로 했다.

근데 그냥 하면 재미없지.

"일 등 하면 뭐 줄 건데?"

"앗! 좋은 제안이에요! 자자! 다들 주목! 우리 수박씨 얼굴에 붙이기 해요! 내기도 걸고!"

확실히 물놀이 삼인방이 오니 시끌시끌하다.

내기로 뭘 걸까, 또 게임 방식은 어떤 거냐 등등. 자기들끼리 난리다.

저 셋은 물놀이를 좀 더 해서 힘을 빼야겠는데?

"저 이런 놀이 처음 해 보는데 재밌겠어요~ 사장님은 해 보셨어요?"

"시골에선 그냥 자주 하는 놀이죠."

"정말요?"

정말이겠습니까? 도시라고 수박이 없는 것도 아닌데.

그냥 하는 말인데 저런 반응이라 피식 웃음이 나왔다.

"내기는 1등한테 상 주는 거 말고 꼴등한테 벌칙 주는 거 어때? 딱밤으로!"

"앗! 나윤 언니 의견 당첨!"

그 사이 룰이 정해졌나 보다.

수아가 모두의 시선을 받으며 룰을 설명했다. 그에 다들 입가에 미소가 가득이다.

한여름의 냇가에서 이렇게 웃고 떠든 적이 언제인지 모르겠지만……

'즐겁네.'

갑작스런 모임이었지만 정말 그랬다.

물론 그렇다고 꼴찌를 할 생각은 없었다. 정확히는 할 수가 없는 것이려나?

"앗!?"

제안한 사람이 결국 걸린다고.

수아가 수박씨를 얼굴에 하나도 못 붙이고 꼴찌를 했다.

그리고 덕분에 냇가에 웃음소리가 끊이지 않고 퍼졌다.

* * *

 잠깐의 휴식 타임 이후, 물놀이 좋아하는 이들은 다시 물가로 향했다.
 이번엔 세 사람이 아니라 두 사람이었다.
 한송이는 더 쉬어야겠다고 남았다.
 그래서 이제 그늘막에 쉬는 사람이 더 많았다.
 그리고 아우라도.
 '재밌어?'
 끼융~
 여기까지 따라온 미호가 물가와 그늘막 사이를 뛰어다니며 놀았다.
 브라우니는 카페 밖으로 잘 안 나오는데 얘는 그런 것도 없는 듯했다.
 아주 잘 돌아다니고, 잘 놀았다.
 가끔 수박 조각도 서리하고 말이다.
 '근데 체화는 뭐지?'
 미호가 쓰는 능력인가?
 그건 여우 구슬 효과 같은데.
 음…… 일단 금생의 재능으로 분류가 됐으니 아우라와 관계가 있겠지?
 적당히 수박도 먹었겠다, 그늘 밑에 누웠다.
 이러고 있으니까 캠핑 온 것 같고 좋네. 종종 이런 시간도 가지면 좋겠다.

그건 그렇고, 체화 재능을 한 번 시험해 보기로 했다.
샤라랑~
손을 들자 주변으로 아우라들이 몰려들었다.
그리고 몸속에 있던 아우라들도.
'공명.'
아우라들이 춤을 추듯, 하나 되어 움직였다.
그러다 내게 날아와 달라붙었다.
마치 코팅이라도 되듯 얼굴에 달라붙은 아우라들. 그대로 딱히 변화 없이 멈췄다.
'응? 이게 다야?'
샤라랑~
끝이란다.
아니, 얼굴에 코팅이 되는 게 끝이라고?
물론 얼굴에 아우라가 붙었다고 불편하거나 그런 건 없었다.
그냥 안경을 쓴 것 같은 느낌이 다였다. 근데 그거 말고는 잘 모르겠다.
딱히 무슨 기능이 있는 것도 아닌 것 같은데…….
"어?"
그때 옆에서 한송이가 나를 보고 살짝 놀란 표정을 지었다.
혹시 뭔가 변한 게 느껴진 건가?
"왜요? 뭐가 묻었습니까?"
"네. 여기 아까 뱉은 수박씨요."

"아……."

아니구나.

한송이가 가리킨 볼에 손가락을 대니 붙은 수박씨가 떨어졌다.

아까 게임을 하고 뗐는데 하나 남아 있었나 보다.

괜히 민망함에 볼을 한 번 긁적이고 체화를 풀려는데,

"근데 사장님…… 왜인지 모르겠는데 뭔가 분위기가 달라진 것 같아요? 뭐지?"

"저요? 어떻게 달라졌나요?"

"으음. 그게 뭐라 말을 하기가 어려운데요. 평소에 사장님은 약간 도사? 뭐 그런 느낌이거든요? 차분하면서 뭔가 눈빛이 깊은?"

"……제가요?"

이거 어디서 또 들어 본 것 같은데.

아, 김정현 녀석이 했던 말이랑 비슷하다. 그 녀석도 오랜만에 보고는 갑자기 그런 얘기를 했었지.

근데 그건 체화를 얻기 전에도 그랬는데?

"네. 근데 지금은 되게 해맑은 그런 느낌이에요. 눈빛이 막 여기저기 신나고 호기심 많은 것처럼요. 아! 꼭 수아랑 닮았다고 해야 하나? 으음. 아닌데. 그보다는…… 아기 여우? 막 그런 느낌이에요."

순간 한송이의 말에 움찔할 뻔했다.

설마 느낌이 바뀌었다는 게 그런 뜻이었다니.

체화를 사용하면 일종의 가면을 쓰는 느낌인가 보다.

슬쩍 체화를 껐다.
"설마요."
"앗! 다시 원래 느낌으로 돌아왔어요."
"물놀이를 너무 오래 하셔서 그런가 보네요. 좀 쉬어요."
"그런가?"
 한송이는 내 말에 고개를 갸우뚱하면서도 의심은 못 했다.
 당연하지. 아우라를 볼 수도 없는데 무슨 일이 있었는지 알 리가.
 어쨌든 덕분에 체화가 어떤 재능인지 조금 느낌이 왔다.
'가면을 쓰는 거랑 비슷한 거란 말이지.'
 물론 더 세부적인 건 알아봐야겠지만 일단 이거면 됐다.
 이제 나도 좀 쉬어야겠다.
 아무 생각 없이 누웠다. 그런데 옆에서 묘하게 따가운 시선이 느껴졌다.
"……왜? 왜 그러시죠?"
 시선의 주인은 둘이었다.
 시아와 강도윤.
"수박 더 먹고 싶어요."
"안 돼. 너무 많이 먹었어. 적당히 먹어야지. 그러다 밤에 화장실 자주 간다?"

"칫."

시아는 이유가 분명했다.

그런데 강도윤은 왜지?

"방금 느낌, 그런 걸 배우고 싶습니다. 완전 다른 느낌이었다가 다시 돌아오는 것도⋯⋯."

아. 이 사람 내게서 분위기를 배우고 싶다고 했지?

그런데 마침 체화로 분위기가 확확 바뀐 걸 보여 줬으니 저럴 만했다.

물론 그렇다고 가르쳐 줄 순 없지만.

애초에 이건 연기 기술 같은 게 아니니까. 진짜 그럴 수가 없는 것이었다.

그러니 이쪽은 그냥, 모른 척하고 눈을 감았다.

나는 못 들은 것이다.

뜨거운 시선이 계속 느껴졌지만⋯⋯ 어차피 그늘막을 뚫고 들어오는 햇살도 못지않게 뜨거워서 괜찮았다. 조금 뜨거운 햇볕이라고 생각하지 뭐.

그리고 곧 있으니 잠이 솔솔 왔다.

옆에서 시아와 한송이가 꾸벅꾸벅 조는 게 느껴졌다.

그 덕에 나도 점점 꿈속으로 빠졌다.

* * *

진짜 꿈을 꿨다.

이번엔 몰입도 안 써서 무슨 꿈일까 걱정했는데, 다행

히 재입대 꿈은 아니었다.

 평화로운 꿈속이었다.

 미호로 보이는 여우가 신나게 산과 들을 뛰어다니는 그런 꿈이었다.

 그리고 떠올리기만 해도 기분이 좋은 꿈은 깨어나서도 그 기분을 이어 가게 만들었다.

 '그러고 보니 오랜만에 개운하게 일어났네.'

 여름날 잠깐의 휴식은 꿀맛 그 자체였던 모양이다.

 그렇게 유난히 짧았던 하루가 끝나고 다음 날. 다시 일상으로 돌아왔다.

 재입대하는 꿈을 꾸지 않으니 아주 개운하게 아침 산책을 했다.

 "이제 웹툰 연재한다고요?"

 "아, 아직 연재는 아니고요. 1부까진 스토리 작업은 끝났어요."

 런칭이니 뭐니 하며 설명하시는데…… 뭐가 다른 거지? 솔직히 잘 모르겠다.

 "그런가요? 어쨌든 축하드려요. 나중에 연재하면 꼭 찾아서 볼게요."

 "좋아요랑 별점도 꼭 눌러 주세요?"

 "당연하죠."

 아무튼 아침부터 좋은 소식을 들었다.

 이곳에서 와서도 준비를 하던 웹툰이 아니던가. 아직 연재는 아니지만 1부 스토리까지 끝났다고 하니까 곧 나오겠지.

"그럼 김하나 씨랑 콜라보 하시는 건 어떻게 되는 건가요?"

"스토리는 제가 넘겼으니까 이제 거기도 진짜 런칭 준비할 거예요."

"연재에 맞춰서 런칭이겠네요?"

"네!"

서로 윈윈이 될 수 있는 거라서 잘 되면 좋겠다. 근데 왠지 잘 될 것 같았다.

그렇게 한송이와 소소한 대화를 나누며 산책하는데, 다리 위에 누가 있는 걸 발견했다.

"응? 저거 수아 아닌가요?"

"어? 그런 것 같아요. 수아야~"

한송이도 그렇게 보였는지 손을 흔들며 다가갔다.

예상대로 다리 위에 있는 건 수아였다. 오늘은 좀 일찍 나온 모양이다.

곧 여름 방학이라고 들떠 있던데 그래서인가? 그런데 저기서 뭐 하고 있었지?

"아침부터 물놀이 하고 싶어?"

"아저씨! 저거 좀 봐요."

"응?"

물놀이의 추억이 너무 강해서 아침부터 그것 때문에 그러나 싶었는데, 갑자기 수아가 다리 아래를 가리켰다.

냇물이 졸졸졸 흐르는 풍경이 보였다.

아침 햇살이 물결에 반짝반짝 빛이 나는 예쁜 풍경이었다.
이걸 보라는 건가? 근데 왜 저렇게 심각한 표정이지?
"안 보여요? 저거 말이에요."
"응? 뭐가 있어?"
내가 못 본 듯하니 다시 가리킨다.
그래서 이번엔 자세히 살펴보니…… 물고기가 보였다.
그런데 상태가 안 좋아 보였다.
물가에 떠밀려온 듯, 미동 없이 멈춰 있는 모습이었다.
죽은 건가?
"어?"
그런데 더 문제는 그런 물고기가 한둘이 아니라는 거였다.
분명 물놀이 할 때만 해도 아주 깨끗한 물이었는데?
죽은 물고기가 둥둥 떠다니지도 않았다.
"저게 왜 저렇게 많지?"
"아까부터 보는데 계속 늘어나는 것 같아요."
"그래? 잠깐만. 이건 이장님한테 바로 얘기해야겠다."
저 물이 식수로 쓰이는 건 아니지만 그래도 마을 앞에 난 냇가에 문제가 생기면 좋지는 않은 일.
얼른 이장님에게 문자를 남겼다. 그리고 일단 수아는 학교에 가라고 했다.
문제가 있는 거면 이장님이 사람을 불러서 조치를 취할 거다.

"저도 이만 가 볼게요~"
한송이와 헤어진 뒤 나도 카페로 올라왔다.
끼융~
제일 먼저 미호가 날아와 반겼다.
집까지는 따라오지 않고 여기서 기다린 모양이다.
"잘 잤어?"
미호의 바람은 잘 자고 잘 먹는 것.
그런 의미에서 여긴 참 좋은 곳이었던 모양인지 기분이 아주 좋아 보인다.
얼떨결에 미호도 식구가 됐는데 그 모습을 보니 다행이었다. 브라우니랑도 꽤 친해진 것 같았다.
"잘 지내니 다행이야."
물론 텃밭은 다행이지 않았지만.
카페를 환기하며 뒷마당으로 나왔는데…… 문을 열자마자 굴러다니는 샤인 머스캣 한 알.
"하하……."
보아하니 또 밤사이 미호가 먹은 듯했다.
다행이라고 해야 할지, 먹는 양이 많지는 않아서 겨우 샤인 머스캣 한 송이를 다 먹지 못하고 이렇게 둔 것 같았다.
지금은 괜찮은데 혹시 나중엔 이것보다 많이 먹을 수 있으니 이건 문제가 될 것 같긴 했다.
"미호. 이리 와 봐."
끼융~

아무것도 모르고 미호가 날아왔다.

하지만 눈치는 좋은 건지 슬쩍 굴러다니는 샤인 머스캣 한 알을 보더니 냅다 배를 깠다.

그리고 앞발을 모으고 그윽한 눈빛으로 쳐다봤다.

'홀리겠네, 홀리겠어.'

순간 귀여우니까 넘어갈까 싶었다.

하지만 이건 우리 텃밭의 문제도 될 수 있지만 다른 밭에도 피해를 줄 수가 있었다.

미호는 딱히 카페 밖에 나가는 걸 꺼려 하지 않으니까.

"먹을 건 주고 갈 테니까 이렇게 달려 있는 건 함부로 따먹으면 안 돼. 알겠어?"

끼융!

"진짜 알겠다고 한 거다? 다음에 또 이러면 혼나?"

끼융~ 끼융~

"그래."

물론 무턱대고 혼내지는 않았다.

어디서 들었는데 동물들은 사고 친 그 순간 그때 혼내는 게 아니면 사고와 자신이 혼나는 걸 연결시키지 못한다고 들었다.

미호가 비록 내 말을 다 알아듣는 것 같긴 해도 이번엔 이 정도로 넘어갔다.

아무것도 안 챙겨 주고 간 내 잘못도 없지는 않으니까.

"자. 이건 네가 다 먹어."

끼융!

떨어진 샤인 머스캣은 물에 씻어서 미호에게 줬다.

많이 먹지도 못하는 녀석이라 이걸로 하루 종일 먹을 것 같았다.

그렇게 작은 해프닝은 해결하고 다시 텃밭을 둘러봤다.

미호가 친 사고 말고는 큰 문제가 없어 보였다.

사라락~

"그래. 좋은 아침이야."

쑥쑥이와 인사를 나눈 뒤 녀석에게 달린 커피 체리를 확인했다.

이제 그 수가 제법 많이 줄었다.

그동안 원두를 많이 확보해 두긴 했는데, 그래도 이렇게 줄어든 걸 보니 많이 아쉽다.

또 언제 열매가 열릴지.

"고생했어."

그래도 쑥쑥이에게 감사를 전하는 건 잊지 않았다.

커피 원두가 부족해지면 그땐 또 다른 방법이 있겠지.

그리고 그건 지금부터 찾아도 된다. 벌써부터 걱정할 필요가 없었다.

그렇게 남은 커피 체리를 수확해서 세척하기 위해 안으로 들어왔다.

그런데.

"응?"

공터를 건너오는 낯익은 얼굴 둘.

이선아와 강도윤이었다.

딸랑~딸랑~

"어서 오세요~ 아침부터 어쩐 일이야?"

일단 세척은 나중에 하고 카운터로 나와 두 사람을 반겼다.

아, 강도윤과는 말을 놓기로 했다.

나는 별로 그럴 생각이 없었는데 강도윤이 굳이 그러고 싶다고 했다. 나도 굳이 그걸 거절할 이유는 없어서 그러기로 했다.

"자두 따고 왔어."

"아! 자두도 하시는 거야?"

이선아의 말에 손뼉을 쳤다.

이장님네 밭에는 정말 없는 게 없었다.

나도 더 분발해야겠다.

그나저나, 강도윤은…… 원래도 호리호리하고 키도 조금 작아 왜소한 체격인데, 오늘따라 어째 더 힘이 없어 보인다.

"밭일은 어때?"

"……죽을 것 같아요."

강도윤은 결국 카페 알바 대신에 이장님의 밭에서 일을 하기로 했다.

숙식도 이장님 댁에 방이 많아서 거기서 해결하기로 했다고.

대신 조건이 하나 있다고 들었다.

"오후에는 헬스 하러 가야 돼요…… 살려 주세요……."
"하하! 그게 조건이라며?"
바로 저거였다.
강도윤의 몸을 보더니 냅다 헬스장으로 끌고 갔다고.
아침에는 밭일, 오후에는 헬스.
그렇게 마을의 새로운 주민은 몸도 마음도 건강해지려 했다.
"여기서 좀 쉬어. 이장님도 여기 오면 쫓아오진 않으실 거야."
"네……."
강도윤이 털썩 자리에 앉았다.
그나저나 이선아를 보니 아침에 있었던 일이 생각났다.
"선아야. 혹시 이장님한테 뭐 들은 거 없어? 냇물하고 관련해서."
"아, 그거 안 그래도 말해 주려고 왔음."

* * *

"그거 저기 상류 쪽에서 낚시하던 사람이 자동차 배터리 같은 걸 쓴 것 같대."
"낚시?"
"응. 마을 분 중 누가 봤다나 봐. 어르신이 보고 있으니까 눈치 보다가 바로 자리 치우고 가서 따로 신고는 안

했대."

"아."

뭐 그런 경우가 다 있지? 낚시를 할 거면 그냥 가볍게 하면 되는 것을.

그래도 하나 다행인 점은 수질이 갑자기 안 좋아지거나 그런 건 아니었다는 거였다.

일시적으로 전기에 기절하거나 죽은 물고기들이 떠내려온 것일 뿐.

"아빠가 그거 때문에 지금 경찰이랑 얘기 중이래."

"그래? 한두 번은 아닌가 봐?"

"종종 그런 사람들이 있다나 봐. 여기 물도 깨끗하고 물고기도 많아서 낚시하러 오는 사람들이 있거든."

하긴. 낚시하기엔 좋은 곳이긴 했다.

아니, 사실 낚시뿐만이 아니라 그냥 쉬어가기 좋은 곳이라고 해야 하나?

우리도 물가에서 놀지 않았던가.

"여름이라 물고기들 그렇게 잡고 못 잡은 게 떠내려와서 냄새난 적도 몇 번 있었대."

"아, 그래서 이장님이 화나셨구나."

"응."

그럼 한두 번의 해프닝으로 넘어가긴 조금 화날 수 있겠다.

마을 사람들도 불편하고 또 지나가던 사람들도 불쾌해할 수 있으니.

나도 바로 근처에서 카페를 하는 입장이니 좋지는 않았다.
 그러니 이장님이 나서신다고 하니까 다행이다.
 "이장님한테 혹시 도울 일 있으면 얘기 주셔도 되니까 편하게 말씀하시라고 전해 줘."
 "응. 아, 아니야."
 "……응? 아니라고?"
 "오빠가 도와주면 나도 도와야 됨."
 그게 문제였나. 당황한 건지 감정 기복 때문인지 또 이상한 말투를 쓴다.
 아무튼 웃긴 녀석이었다.
 "그럼 내가 얘기하지 뭐."
 "으으……."
 이선아가 부들부들 떨었지만 그런다고 뭘 할 수 있을까.
 녀석의 모습에 픽! 웃으며 음료나 만들어 주기로 했다.
 "뭐 줄까?"
 "……달고 시원한 거 그리고 복숭아."
 복숭아 귀신은 아직도 복숭아를 먹었다.
 자기 집에서 많이 먹을 텐데 왜 굳이 여기서도 먹는지 모르겠다.
 사실 나도 이장님한테 받은 건데 말이다.
 "전에 복숭아 잼을 넣은 스콘 맛있던데 그거."
 "아아. 그래. 도윤이는?"
 이선아에게 주문을 받고 강도윤에게도 주문을 받았다.

강도윤은 그냥 시원한 커피면 된단다.

불쌍한 두 영혼을 위해서 얼른 메뉴를 만들어 주기로 했다.

강도윤은 피로 회복에 좋은 꿀을 넣어 만든 아이스 커피.

그리고 이선아에게는 시원하고 달달한 과일 모히토를 만들어 줬다.

"자. 이거 먼저 마시고 있어. 스콘도 금방 구워지니까 나오면 줄게."

비척비척 이선아와 강도윤이 음료를 가지고 갔다.

* * *

두 사람이 잠깐 쉬다가 떠난 뒤 손님들이 찾아왔다.

그런데 평상시에 오는 손님들하고는 조금 다른 느낌의 사람들이 많이 왔다.

'뭐지? 대부분 가족 단위네.'

아이와 엄마, 아빠. 혹은 할머니, 할아버지, 엄마, 아빠, 아이까지 삼대가 온 손님도 있었다.

여름에다 휴가 시즌이라 그런가?

'아. 혹시 물놀이?'

여기 근처에는 아이들도 놀기 좋은 냇가도 있고, 더 상류로 가면 물살이 제법 있고 깊이가 괜찮은 계곡도 있었다.

아마 겸사겸사 온 김에 이렇게 카페도 들린 모양이다.

'가족 단위로 놀러 오기 좋은 곳이긴 하네.'

유명 관광지는 아무래도 아이와 노부모님까지 함께 여행 가기엔 무리가 없지 않아 있었다.

챙길 게 많을 테니까.

물론 그렇다고 해도 또 그런 곳에 가면 그렇게 온 사람들은 많겠지.

그렇기에 이렇게 한적한 곳으로 오는 사람도 있었다.

이제 막 여름휴가 시즌이라 아직까지 사람이 몰리지 않은 곳들이 많으니까.

여기가 딱 그랬다.

"수박 쥬프 주쎄요!"

"수박 주스 줄게요~ 자. 여기 쿠폰 가지고 가서 엄마, 아빠 드려? 여기에 고양이 발 다섯 개 찍으면 음료 한 잔 무료야."

"무료? 무료가 머에여??"

피식!

주문을 하러 온 아이의 질문에 나도 모르게 웃었다.

정말 모른다는 듯 고개를 갸웃하는 모습이 순수하기 그지없었다.

"맛있는 거 한 잔 더 주는 거지."

"앗! 응응! 엄마아!"

말은 할 수 있지만, 아직 세세한 단어까지는 다 알지 못하는 나이대의 아이는 늘 귀엽다.

읍내 보건소에서 일하는 송준혁과 오혜령의 아들 하준이보다 더 어린 것 같은데, 신기하게 말은 더 잘했다.
물론 호기심은 둘 다 많은 것 같지만.
내 말을 듣고 우다다 뛰어가는 아이의 뒷모습을 흐뭇하게 바라봤다.
아는 말이 많이는 없어도 한 잔 더는 아는 모양이다.
"나래야! 뛰면 안 돼!"
"엄마, 엄마! 이거 바바. 여기에~ 꼬냐이 발 다섯 번 찌그며언~"
"어머~ 쿠폰이 되게 귀엽고 예쁘네."
"응응! 꼬냐이~ 꼬냐이야~ 여기 발, 발 찌거져~"
"나래야. 그 발이 아니야."
엄마의 주의에도 아이는 아랑곳없이 쿠폰에 대해서 우다다 설명을 하더니 이내 랑이를 발견했다.
그러고는 랑이의 발바닥 도장을 찍으려는 듯 따라다녔다.
그 모습에 웃음이 터질 뻔했지만, 다행히 잘 참았다.
그렇게 부모로 보이는 사람들이 아이를 따라다니는 모습을 보며 얼른 주방으로 들어왔다.
다행히 다른 손님들도 다 가족 단위라 그런지 아이가 조금 부산스러워도 이해하는 분위기였다.
그리고 부모가 그걸 말리기도 했으니 뭐라는 사람은 없었다.
'여태 없었던 분위기네.'

보통 직장인들이 손님이 왔는데 이런 가족들이 오는 건 처음이었다.

그래서 그런지 호랑이 쉼터도 왠지 휴가 속으로 들어간 것 같았다.

카페 안에서, 그리고 밖에서 깔깔거리는 웃음소리들이 들렸다.

왜앵~

"왜? 적응을 못 하겠어?"

랑이는 그게 조금 적응이 안 되는지 따라서 안으로 들어왔다.

아니면 아까 그 아이가 따라다녀서 왔을지도.

랑이에게 가기 전에 부모가 아이를 잡긴 했지만, 관심 자체가 부담스러울 순 있으니.

"조금만 참아. 금방 또 지나갈 거야."

이 시즌이 지나면 또 한적한 시간이 찾아올 거였다.

그땐 랑이도 뒹굴기 좋아하는 날씨가 같이 올 테니 기다리는 수밖에.

한편, 사람들이 많으니 신이 난 녀석도 있었다. 바로 미호였다.

'쟤는 무슨 여우 계의 수아인가?'

당연한 말이지만 사람들이 미호를 볼 순 없었다. 하지만 사람들이 이곳에서 쉬며 내뿜는 아우라들은 또 달랐다.

제각각의 사람들이 뿜는 아우라들에게 다가가서 열심

히도 치댄다.

그런 미호를 반갑게 맞아주는 아우라들이 있는 반면, 조금 무서워하는 듯한 아우라도 있었다.

눈치껏 그런 아우라들에게서는 멀어지는 미호였다.

'브라우니는 같이 안 놀아?'

꾸르~

아우라들마다 성격이 다른 건 알지만 이렇게 볼 때마다 신기했다.

졸졸 따라다니는 브라우니를 데리고 텃밭에 나가서 재료들을 땄다.

그리고 메뉴들을 만들기 시작했다.

예전이라면 저 사람들은 휴가를 즐기는데 왜 나는 일을 하고 있을까 한탄을 했을 텐데.

지금은 딱히 그런 생각은 안 들었다.

이미 짧게나마 여름 휴가를 즐기기도 했고 지금 하고 있는 일 자체가 즐거웠기 때문인 듯했다.

그리고 새로운 손님들을 통해서 새로운 기분도 얻었고 말이다.

"주문하신 메뉴 나왔습니다~"

"나래야. 가자. 나래 좋아하는 수박 주스 다 됐대~"

메뉴가 나오자 아까 그 아이가 부모님 손을 양손에 쥐고 왔다.

근데 어째 좀 뽀루퉁한 표정이다.

왜 심통이 났지?

"힝. 꼬냐이 발 업써."

아하. 쿠폰에 발 도장 찍는 것 때문이구나.

"나래라고 했나? 음료 세 개, 디저트 두 개 주문했으니까…… 자! 고양이 발 도장 다섯 개 찍혔네?"

"앗!?"

"음료 하나 더 줄 수 있는데 어떤 걸로 줄까요?"

"꼬냐이 발…… 헤헤."

발 도장 다섯 개가 찍힌 쿠폰에 아이의 표정이 바뀌었다.

그런데 쿠폰을 써서 주문할 생각은 딱히 없나 보다.

고양이 발 도장이 귀엽다며 쿠폰만 봤다.

이것 참.

"죄송한데 이거 그냥 저희 가지는 대신에 음료 주문은 안 해도 될까요?"

"예. 그러셔도 괜찮습니다. 쿠폰이야 새로 드리죠, 뭐."

어차피 발 도장이 찍힌 거라 재활용은 안 된다.

그러니 음료는 그냥 주문을 하면 되는 일이었는데 아이의 아빠가 괜찮단다.

자주 오는 곳도 아니고 아이가 시끄러운데 양해해 줘서 오히려 고맙단다.

그걸 굳이 더 주문해야 한다고 하는 것도 이상하니 알겠다고 했다.

그렇게 시끌벅적한 가족 단위 손님들도 잠시 먼 길 오느라 지친 몸을 쉬다가 밖으로 나갔다.

아마 이제 물놀이를 하거나 혹은 주변에 예약해 둔 숙소에 가는 것 같았다.

"나랑 나이는 비슷한 것 같던데."

조금 더 많긴 하겠지만 그리 크진 않을 것 같았다.

그런데 저렇게 가족을 이룬 걸 보니 왠지 감정이 묘했다.

그러고 보면 내 동창이나 친구들도 결혼하고 애를 낳았다는 소식들이 종종 들렸다.

딱히 친한 녀석들은 없어서 그냥 이래저래 소식만 듣고 있었다.

회사 다닐 땐 어차피 현생을 살아가기 바빠서 그런데 신경을 쓸 일이 없긴 했지만.

"지금은 조금 궁금하긴 하네."

다들 어떻게 지내고 있는 건지.

옛 인연들이 문득 생각이 났다.

조금 소란스럽던 손님들이 나가니, 이상하게 카페가 더 정적인 느낌이라 그런가?

물론 그런 생각들은 금방 흘러 지나갔다.

대신 한 가지 걱정이 생겼다.

생각해 보니 이 근처에 이렇게 사람들이 놀러 오면······.

'쓰레기가 생길 수도 있겠네.'

제일 좋은 거야 가져온 쓰레기 가져온 사람이 다 치우고 가는 거라지만, 그게 어디 마음대로 될까.

일부러 버리는 사람, 혹은 까먹고 두고 간 사람, 또 흘린 사람 등등.

한 번 이렇게 버려지기 시작하면 사람들의 심리상 그다음은 더 버리기 쉬워진다.

"봉사 모임을 조금 더 자주 해야 하나?"

아침에 산책하면서 계속 쓰레기들을 보며 줍고 있긴 했다.

그런데 대부분 비슷한 길로 산책을 하는 터라 이제 거의 없었다.

표적 탐지를 해도 마찬가지.

'아직 일어나지도 않은 일을 너무 걱정하는 건가.'

당장 내가 걱정한다고 일어날 일이 일어나지 않을 일은 없을 테니 일단은 걱정을 접었다.

나중에 퇴근할 때 한 번 살펴보지 뭐.

* * *

며칠 뒤.

우려했던 일이 일어났다고 안심해야 되나. 아니면 한탄을 해야 하나.

퇴근을 하다가 다리 아래 냇가 쪽을 봤다.

얼핏 별다른 문제는 없는 듯 보였다.

하지만 자세히 보면 쓰레기들이 종종 보였다.

가끔 이쪽에서 캠핑처럼 휴가를 즐기러 오는 사람들이 있는데 그런 사람들이 버리고 간 것이다.

그래도 사람이 지나가는 곳이라 쓰레기가 없는 편이긴 한데…….

"저기서 불 피웠나 봐요! 씨이!"

수아가 까맣게 탄 바닥을 가리키며 말했다.

학교에서 돌아온 수아와 함께 퇴근하는 길이었다.

녀석이 보여 줄 게 있다면서 일찍 퇴근하고 나왔는데, 이 꼴인 것이었다.

"이건 좀 선을 넘긴 했네."

다른 건 사실 그냥 한두 개 버린 느낌이다.

쓰레기를 치우다가 까먹은 느낌도 있었고.

물론 아닐 수도 있지만 어쨌든 지금 보는 곳처럼은 아니었다.

이건, 조금 의도적인 게 있는 느낌이었다.

다리를 건너니 마을 사람들도 나와서 보고 있었다.

거기엔 당연히 카페 단골들도 있었다.

한송이, 이선아, 강도윤, 그리고 이장님까지.

"허헛! 이것들을 진짜."

웬만하면 허허 웃고 마는 이장님조차 이건 조금 화가 난 듯, 안 그래도 화난 근육들이 더 화난 듯 움찔거렸다.

"……일단 치울까?"

"우리가요?"

"그냥 두고 볼 순 없잖아. 버리고 간 사람이 치우러 올 리도 없고."

"그건 그렇긴 한데……."

수아도 씩씩거렸지만 내 말에 고개를 끄덕이긴 했다.

범인을 당장 잡긴 힘들 거다.

잡는다고 해도 과연 벌금이나 줄지. 그렇다고 그동안 저 보기 싫은 걸 계속 둘 수는 없으니 일단 치우기로 했다.

물론 나라고 열이 받지 않는 건 아니었다.

얼마 전까지 우리도 여기서 놀고 깨끗하게 치웠던 곳이었다.

그런 곳에 이런 짓은…… 조금 화가 날 수밖에.

'이걸 어떻게 한다?'

* * *

치우는 와중, 속으로 부글부글하는 걸 참으면서 해결 방법이 있나 생각을 해 봤다.

매일 순찰을 도는 건 역시 무리일 것 같다.

애초에 자율 방범대도 아닐뿐더러 그런다고 해결될 것 같진 않으니.

어떻게 해야 할까?

"아이고, 수고하십니다."

그렇게 답은 없이 이런저런 생각을 하며 다 치우고 나오는데, 밖에 경찰들도 와 있었다. 전에 봤던 이 순경과 그 선배 경찰이었다.

둘은 이장님에게 이미 자초지종을 들은 듯했다.

"사장님, 고생하십니다."

"아뇨. 이 정도야 뭐. 그런데 어쩐 일이세요?"

화가 나긴 해도 이렇게 경찰이 출동할 일은 아니지 않을까 싶었는데.

"다른 건 아니고. 여기서 음주운전이 있었던 것 같다는 신고가 들어와서요."

"음주운전이요?"

"예. 누가 보셨다고 하셨더라? 아! 저 어르신이네요."

아무래도 내가 생각한 자초지종이 아니라 다른 걸 들은 모양이다.

음주운전이면 또 얘기가 다르지.

"저기서 고기 구워 먹고 놀던 사람들이 술을 마신 채로 그대로 운전하고 갔다더군요."

"아아……."

선배 경찰분의 말에 주변에서 고개를 끄덕였다.

"그래서 순찰 돌던 와중에 와 봤습니다."

"그렇습니까? 아! 치우면서 보니까 떠난 지 오래되진 않았습니다."

"예. 그것도 들었습니다. 그런데 어르신께서 인상착의나 차가 어떤 건지 잘 모르겠다고 하셔서요."

"아……."

그런 안타까운 일이.

음주운전으로 잡아서 같이 탄 사람은 방조죄로 또 음주운전 죄로 벌을 받게 해야 되는데.

그런데 왜 나한테 왔지?
"혹시 저기 팻말 앞에 CCTV는 없습니까?"
이 순경이 물었다.
순간 머릿속이 번쩍했다.
그걸 생각 못 하다니.
CCTV는 있었다.
지난번에 멧돼지 일로 팻말이 부서지고 텃밭에 던져진 덕분에, 혹시나 해서 고정형으로 달아 둔 것이다.
"예. 있습니다."
"그것 좀 볼 수 있을까요?"
"그럼요."
나도 모르게 조금은 신난 목소리로 답했다.
그리고 경찰들과 함께 카페에 다시 올라갔다.
다른 마을 분들은 잠깐 지켜보시다가 다들 떠나고, 이장님과 나와 면이 익은 사람들만 따라왔다.
"한 15분 전이라고 하니까. 그때쯤부터 볼 수 있을까요?"
"예."
경찰의 요청이니 나도 CCTV를 열람할 수 있었다.
그렇게 시작한 음주운전 및 무단 쓰레기 투기범 찾기.
그 결과는······.
"이 사람들 같은데요?"
"맞는 것 같습니다. 어르신이 얼추 말하신 거랑 비슷하네요. 그런데····· 얼굴하고 그런 건 보이는데 차 번호가 안 보이는군요."

찾긴 했다. 그런데 결정적인 게 없었다.

냇가 근처에 대충 댄 차.

운 좋은 건지 나쁜 건지, CCTV에는 번호가 사각에 걸려서 보이지 않았다.

"아쉽네요."

경찰의 말에 다들 탄식을 내뱉었다. 그러나 이대로 포기하기엔 아쉽다.

그때 문득 미호가 떠올랐다.

미호는 여기저기 잘 싸돌아다닌다.

그러니 혹시 봤을 수도 있었다.

'미호야. 혹시 이 사람들 봤어?'

끼웅~

'봤다고? 그럼 혹시…… 이거 안 보이는 부분도 기억해?'

끼잉!

기억할 수 있단다.

미호의 몸에서 아우라가 흘러나와 기억하고 있는 모습을 보여 줬다.

'됐다!'

이게 이렇게 되다니.

"그 차 번호, 제가 알 것 같은데요?"

"예? 사장님이요? 어떻게요?"

"주차 때문에 잠깐 나온 적이 있거든요. 카페 손님들은 차를 여기가 아니라, 조금 더 올라가서 대야 한다고 안내 드리던 참이었습니다. 보시면 여기 이렇게 잠깐 나왔습니다."

사실이긴 했다.

이때 차 번호까진 외우진 못했지만.

주차 안내 때문에 내려온 건 맞으니.

"아하! 일단 그럼 얼른 기억하시는 차 번호를 좀 얘기해 주시겠습니까? 이게 또 놓치면 잡기 힘들어서."

"예. 그러니까."

방금 미호가 알려준 차 번호를 그대로 말해 줬다. 그걸 빠르게 기록한 이 순경은 선배 경찰에게 넘기고, 선배 경찰은 바로 일어서면서 무전을 날렸다.

그리고.

"사장님, 혹시 모르니까 이거 일단 증거 영상으로 좀 보내주실 수 있을까요?"

"그럼요."

얼마든지 상관 없다.

그렇게 경찰들은 떠나고.

"잡혔으면 좋겠어요."

한송이가 처음 보는 분한 얼굴을 하며 먼저 말을 꺼냈다.

저런 모습도 있었다니.

"맞아요! 잡아서 벌을 줘야 돼요!"

수아도 한송이의 말에 동의하며 고개를 끄덕였다.

다들 비슷한 반응이었다.

좋은 기억 있던 곳을 그렇게 만들고 갔으니 다들 화가 난 상태니까.

그렇게 다 같은 마음으로 응원하면서 화를 식혔다.

"……시원한 거 한 잔씩 드릴까요?"

"네!"

"좋죠."

마감은 했지만, 음료 몇 잔 만드는 거야 어렵지 않았다.

나도 솔직히 조금 목이 타기도 했고.

이대로 집에 바로 가는 것보다는 결과를 한 번 기다려 보는 것도 나쁘지 않을 듯했다.

그래서 그냥 간단하게 화채를 만들었다.

수박 반 통을 잘라서 속을 파낸 후, 그 안에 각종 과일을 다 때려 넣었다.

파낸 수박도 넣고 얼음, 우유와 탄산수, 그리고 꿀까지 듬뿍!

"자. 여기 화채 나왔습니다. 다들 이거 먹고 화 좀 식힙시다."

속을 파낸 수박 반 통 안에 알록달록한 과일들이 듬뿍 담긴 화채가 넘치도록 가득가득했다.

먼저 그릇에 나눠서 줬다.

그러고도 많이 남아서 더 먹을 사람은 퍼서 먹을 수 있게 했다.

그런데.

"막상 먹으려니 궁금해서 못 먹겠어요."

"맞아."

다들 결과가 어떻게 되는지 궁금해서 입맛이 다시 사라진 것 같았다.

이런. 화채에 효과라도 걸어야 하나 싶던 그때!

지잉! 징!

"응?"

전화가 울렸다.

모르는 번호였지만 일단 받았다.

그러자 이 순경의 목소리가 들렸다.

-안녕하세요, 사장님. 저 그 아까 왔던 이 순경인데요. 그 사람들 잡았습니다. 음주운전으로 일단 처리했고, 무단 쓰레기 투기도 적용해서 처리한다고 전해 드리려고요.

"아! 감사합니다."

-감사는요. 오히려 저희가 감사하죠. 사장님이 다 찾아주셨는데. 아무튼 완전히 결과 나오는 대로 또 얘기 드리겠습니다.

"예. 수고하세요."

이 순경의 전화가 끝나고 폰을 내려놓으니, 언제부턴지 모르겠지만 그릇에 코를 박고 화채를 먹는 사람들을 볼 수 있었다.

참, 시원하게도 먹네.

"한 그릇 더!"
"나도!"
앞다투어 화채를 먹는 모습을 보니, 내 몫도 위험할 것 같았다.
사람들이 저러는 건 다 통화 내용을 옆에서 들어서였다.
무단 쓰레기 투기범과 음주 운전자를 잡았다는 소식.
그것 때문에 저렇게 사람이 변했다.
아까까지만 해도 입으로 안 들어간다더니…….
더 늦기 전에 나도 가세하기로 했다.
근데 이 순경은 내 번호 어떻게 알았지?
'아, 쿠폰.'
전에 쿠폰을 준 적이 있었다.
그걸 봤으면 바로 연락할 수 있을 터.
역시 만들기 잘했다.
"근데요~ 아까 그 잘생긴 경찰 오빠죠?"
"잘생긴 경찰 오빠는 좀 안 어울리지 않아? 그냥 경찰 아저씨면 몰라도."
"잘생겼으니까요."
"……그래. 그 사람 맞아."
"아저씨, 그 오빠 번호 알아요?"
"왜? 번호 달라고?"
"아니요? 그게 아니라 우리 봉사 모임 초대하면 어떨까 해서요."

수아의 말에 솔깃했다.

물론 당사자는 어떤 마음일지 모르겠지만.

부담스러울 수 있으니 나중에 카페에 오면 조심스럽게 한 번 물어보기나 하기로 했다.

이번처럼 경찰 도움을 받을 수도 있으니 멤버가 되면 좋긴 할 거 같다.

그나저나 화채가 진짜 시원하다.

온갖 과즙들이 다 스며든 국물이 특히 일품이었다.

딱 무슨 과일이라고는 말을 못 하겠는데, 그냥 시원하고 달고 향긋한 과일의 종합적인 맛이었다.

우유와 꿀 때문에 고소하고 달콤했고 탄산수 때문에 또 마실 때 톡톡 튀기도 했다.

'그냥 있는 거 다 때려 놓고 만든 건데 이게 제일 맛있네.'

따로 레시피도 없었다.

손에 닿는 과일들을 다 넣은 거니까.

근데 맛있다.

청포도를 씹으면 청포도 맛이 강해지고. 수박을 씹으면 수박 맛이 강해졌다.

참외는 약간 멜론을 먹는 것 같기도 했다.

복숭아는 뭐, 말할 것도 없이 향이 엄청 진하게 났고.

식감도 다 달라서 또 그게 먹는 재미를 더했다.

과연, 여름에 왜 화채가 최고인지 알겠다.

이 중에 맞는 취향은 다들 하나는 있을 테니까.

다른 손님들에게는 맛보여 주기 어려워서 조금 아쉽긴 한데.

"으아~ 더 못 먹어여."

"나도."

다들 배부르게 먹은 걸 보니 이런 것도 가끔은 괜찮은 듯했다.

꼭 손님을 위해서만 만들 필요는 없지.

그렇게 다들 시원하고 달게 화채를 먹고 카페에 늘어졌다.

"……저 퇴근해야 되는데요."

"조금만 더요. 아까 심력을 너무 썼다고요."

"수아, 니가?"

왜지? 머리를 쓴 건 나였던 것 같은데.

아무튼 수아뿐만이 아니라 다들 그런 것 같아서 어쩔 수 없이 연장 영업을 하기로 했다.

"근데요~ 또 그러면 어떡해요?"

"글쎄."

수아가 문득 걱정된다는 듯 말했다.

나도 그 부분은 걱정이었다.

이번엔 이렇게 해결이 됐다고 하지만, 사실 이것도 해결이라고 보긴 어려웠다.

처벌을 한 것뿐이지.

이미 쓰레기는 버려졌고 그걸 치운 건 나와 수아였다.

앞으로 또 이런 일은 일어날 수 있었다. 그리고 그때마다 이렇게 처벌하는 건 쉽지 않은 일이었다.

이번만 해도 음주운전까지 같이 걸린 게 아니었으면 그냥 넘어갔을 수도.

'뭐 좋은 방법이 없…… 아!'

될지는 모르겠지만 시도해 볼 방법은 있을 듯했다.

바로 팻말, 혹은 플래카드였다.

물론 이런 시골에 있는 계곡이나 냇가에는 항상 근처 마을 사람들이 걸어 두는 플래카드와 팻말이 있긴 했다.

있어도 무시하고 버리는 사람은 버릴 뿐이었다. 하지만 거기에 효과를 넣는다면?

시도해 볼 만한 일이었다.

초창기 팻말에 부여한 효과가 아니라 지금 내가 가진 만생공의 재능으로 부여한 효과라면 말이다.

"팻말을 좀 만들어 볼까요? 플래카드도 있긴 한데 그건 좀 지저분해 보일 수도 있으니."

깨끗하게 쓰자고 말을 하는데 플래카드를 주렁주렁 걸어 두면 오히려 그게 더 지저분해 보일 수 있었다.

그러니 나무로 일단 팻말을 만들어 보기로 했다.

"……그걸로 될까요?"

"일단 해 봐요! 그래도 사람들은 아무것도 없는 것보다 그렇게 적혀 있으면 양심의 가책을 더 느낀다고 하잖아요."

강도윤이 조용히 의견을 말했지만, 한송이가 오히려 두 주먹을 불끈 쥐며 말했다.

그녀의 말처럼 무인 매장 같은 경우도 있으니 아예 허무맹랑한 말은 아니었다.

그러니…….

"마침 내일이 봉사 모임인데, 내일은 이거 같이 만들까요? 오늘은 조금 늦었고."

"좋아요!"

"찬성."

"저도 좋아요!"

다수에 의해서 내일 자원 봉사는 쓰레기 줍기가 아니라 팻말을 만드는 걸로 하기로 했다.

그럼 나는 밑 작업을 조금 해야 될 듯했다.

'어떤 효과를 넣을 지도 한 번 생각해 봐야겠어.'

* * *

다음 날 아침.

여느 때와 같이 산책하며 출근했다. 그런데 어제 퇴근하면서는 못 봤던 쓰레기들이 조금 보였다.

아마 어제는 조금 늦게 퇴근해서 어두워서 못 봤나 보다.

마저 주우면서 출근을 했다. 그리고 카페에 돌아와서는 곧장 창고를 찾았다.

오늘 팻말을 만들 밑 준비를 할 셈이었다.

'어디 해 보자고.'

부글부글 끓었던 어제와 달리 오늘은 의욕으로 활활 타올랐다.
 꾸르?
 브라우니가 옆에 그런 내 모습에 고개를 갸우뚱했다.
 정 안 되면 브라우니라도 풀지 뭐.
 아니면.
 끼융?
 "……넌 안 되겠다."
 미호는 같이 놀면 놀았지, 뒤엎을 녀석은 아니다.
 물론 브라우니도 그런 성향은 아니긴 하지만.
 '내가 엎어야겠네.'
 현장을 나가는 초짜들에게 가끔 하는 말이 있었다.
 현장에 있는 사람들에게 절대 기세로 눌리지 말라고.
 거친 사람들인 만큼 그 첫인상이 중요하다고 말이다.
 그리고 그때 나는 그 말을 듣고, 처음 현장을 나갔다가 퇴사 전까지 회사의 전설로 회자된 적이 있었다.
 ……뭐, 지금은 그렇게까지 할 생각은 없다만.
 아무튼 일단 평화롭게 해결해 보기로 했다.

5장

팻말로 만들 목재들은 적당한 크기고 잘랐다.
그리고 혹시나 만지거나 할 수 있으니 날카롭지 않게 다듬었다.
목공 재능 덕분에 어렵지 않게 할 수 있었다.
물론 시간은 제법 걸렸지만.
"중요한 건 역시 효과인데."
내 텍스트창의 재능들을 살펴봤다.
그리고 그중에서 팻말에 넣으면 좋을 것들을 골라봤다.
일단 경고하는 문구이자 주의 문구니까 눈에 들어와야겠지.
매력은 들어가야 할 것 같고······.
'역시 팻말은, 기세지.'

브라우니의 역발산기개세도 후보 중 하나로 체크했다.
꾸르~
"그래그래."
자기의 재능이 메모가 되자, 브라우니가 기분이 좋은지 내 볼에 제 머리를 비볐다.
그런 녀석의 머리를 쓰다듬어 주며 다음 후보를 골랐다.
연기, 위장, 체화.
"이걸 잘 조합하면 될 것 같기도?"
왠지 이 세 개의 재능에 눈이 갔다.
그런 것 있지 않은가.
논밭을 망치는 산짐승들을 쫓아내기 위해서 CD 뒷면을 햇빛에 반짝거리게 설치해 두는 방법.
또 호랑이의 똥을 구해 와서 주변에 뿌리거나 소리를 녹음해서 트는 방법도 봤다.
물론, 이건 산짐승들을 쫓는 게 아니기 때문에 그런 걸로는 안 된다.
사람은 똥 냄새를 구분하지 못하고, 설사 소리를 듣는다고 해도 또 우리나라 산에는 호랑이가 없으니까 위험성을 느끼지 못했다.
하지만 만생공의 재능이라면 그렇게 만들 수도 있을 것 같았다.
"경고 문구에 이 효과들을 적용해서 그냥 읽고 지나가기엔 찝찝하게 만들 수는 있지 않을까?"

아주 조금의 양심.

그걸 건드리는 거다.

무인 점포의 CCTV와 경고 문구처럼 말이다.

당연한 말이지만 거기에 일일이 다 CCTV를 설치할 수는 없었다. 한다고 쳐도 그걸로 뭘 할 수도 없을 거고.

그러니 최대한 양심에 맡기는 수밖에 없었다.

'이건 그러니까, 토템 같은 거지.'

지키면 문제없지만 어기면 왠지 하루 종일 찝찝할 것 같은, 그런 효과를 넣으려면 아무래도 이 조합이 끌렸다.

물론 그 밖에 다른 효과들도 골랐다.

그렇게 효과를 적당히 정한 뒤 조화를 시켜 봤다.

원하는 효과에 가까운 게 나오면 좋으니까.

'이건 애매하고, 저것도 좀…….'

커피 블렌딩에 이어서 노동 아닌 노동을 해야 했다.

팻말로 쓸 목재를 가공하는 것보다 이게 더 심력을 많이 소모하고 힘들었다.

"……좀 쉴까."

다행인 건 오늘은 손님이 없다는 거였다.

휴가를 쓰기 애매한 날짜라 그런가?

곧 주말이 오니까 거기에 이어서 쭉 쓰는 편이 낫긴 하겠다.

그렇다는 건 지금 이걸 만들지 않으면 이번 주말에는 정말 난리가 날 수 있다는 뜻이기도 했다.

"이럴 때가 아니네."

잠깐 쉬려는 마음을 다잡았다.
그리고 체력 충전을 위해 민트 커피를 만들었다.
민트 라테와 비슷했다. 다만 우유가 안 들어갈 뿐이었다.
핸드 드립으로 내린 커피에 민트 차를 우리고, 이어 민트 즙을 짜서 넣었다.
'향 좋고.'
향을 맡는 것만으로도 조급했던 마음에 안정이 찾아왔다. 머리도 맑아졌다.
역시 사람은 급하면 될 것도 안 되는 법이다. 이렇게 머리가 맑아지니 사고는 되레 빨라졌다.
"조화."
이번엔 매력, 역발산기개세, 카리스마, 위장, 연기, 체화를 모두 썼다.
그러자.

〉범의 영역

드디어 그럴듯한 효과가 나왔다.
'영역?'
범이 지배하고 있는 곳을 뜻하는 효과라면…… 범이 감시하고 있다는 뜻도 된다.
그러니 사람들이 이걸 보면 흠칫할지도 몰랐다.
"곰이나 호랑이가 있는 장소에서 야영하는 사람은 없

으니까."

 이거면 될 것 같았다. 결국 처음에 생각했던 조합이 맞았다.

 그럼 이제 이걸 어떻게 팻말에 효과를 다 넣을 수 있느냐인데…….

 뭐, 그거야 방법이 많았다.

 일단 아우라를 소모해 희생, 신념, 극복의 재능으로 세 가지를 불어 넣을 수 있었다.

 그리고 그림 재능으로 또 하나.

 남은 두 개는 사실 브라우니와 미호가 불어넣는 거라 따로 매개하는 재능이 없어도 된다.

 그럼 이렇게 하나 완성.

 "……그럴싸한데?"

 범의 얼굴 그림과 함께 적여 있는 경고 문구.

 -가지고 온 쓰레기는 모두 다시 가져가 주세요. 버리고 가면 호랑이가 아파요.

 문구는 조금 약한 것 같지만 막상 보면 그런 생각은 안 들 것이다.

 왜냐면 범의 영역 효과 덕분에 호랑이가 아파서, 아프게 한 너희들을 혼내줄 거라는 느낌을 주었으니까.

 "호랑이 맴매라니."

 가끔 랑이가 장난친다고 손을 깨물고 뒷발차기를 하는

데 꽤 아프다.

발톱과 이빨이 바늘처럼 날카롭기 때문이다. 그럼 호랑이는?

'저 집 강아지는 짖고 우리 집 호랑이는 찢는다고 했던가?'

어디서 봤던 글이었다.

어떤 예능 프로그램에서 나온 말이라는데 아마 지금 저 경고 문구가 그렇지 않을까 싶었다.

"그럼 이것도 준비 끝이네."

완성한 건 하나지만 그래도 뿌듯했다.

나머지야 봉사 모임 멤버들이 오면 같이 만들고 효과만 내가 넣으면 되니까.

그리고 이걸 조를 나눠서 설치하기만 하면 끝이었다.

효과도 일주일 정도 지속이니까 봉사 모임 할 때 한 번씩 불어 넣어 주면 될 것 같다.

그러…… 사람들이 올 동안, 잠깐 쉬기로 했다.

"아침부터 너무 심력 소모가 크네."

한 입만 먹고 옆에 둔 민트 커피를 한 모금 마셨다.

고소한 커피 향 속에 스며든 민트의 화한 향이 머리를 깨운다.

하지만 심력 소모가 있었던 탓에 잠이 솔솔 왔다. 일하는 중에 이런 적은 없었는데…….

조금만 잘까?

아무래도 그래야 될 듯했다.

부우~ 부우~
오랜만에 봉봉이가 날아오는 모습을 보며 눈을 감았다.
스르륵, 잠이 들었다. 그리고 꿈을 꾸었다.

* * *

묘한 꿈이었다.
산으로 둘러싸인 공터에 내가 있는데 신기하게도 주변이 다 느껴졌다.
공터 위로 산과 아래로 강.
마치 내가 그곳의 중심이라도 된 듯했다.
그런 묘한 감각 속에서 있다가 깨어났다.
"으음?"
일어나니 묘하게 몸이 무거운 느낌이었다. 정확히는 감각이 답답해진 느낌이라고 해야 하나?
방금 전 꿈에서 그렇게 넓은 곳을 발아래 두고 있어서 이러는 건지.
부우~ 부~
봉봉이가 눈앞에서 왔다 갔다 하는 소리에 정신을 차리고 앞을 봤다.
밖을 보니 시간이 꽤 지난 것 같았다.
'생각보다 많이 잤네.'
꿈은 정말 찰나였던 것 같은데…… 일어나서 주변을 정리했다.

"아 참. 넌 오랜만이다?"

부우~

봉봉이와 인사하는 것도 잊지 않았다.

한동안 봉봉이는 보이지 않았다. 아마 본격적으로 세력을 늘리기 위해서 그래서가 아닐까 싶어서 굳이 찾진 않았다.

그게 아니더라도 최근 이래저래 꿀을 많이 따다가 가니까 일 때문에 바쁜가 보다 한 것도 있었고.

그래서 오랜만이었다.

자세히 보니 조금 큰 것 같기도 했다.

원래도 여왕벌이 작은 크기는 아니긴 했는데 지금은 조금 더 크다.

"꿀 많이 먹었나 보네?"

부우~

"이번엔 쉬다가 갈 거야?"

봉봉이가 그만 말 걸고 얼른 앞주머니나 열라고 보챘다.

피식 웃으며 앞치마의 앞주머니를 열어 줬다. 그러자 녀석이 엉덩이만 내민 채 쏙 들어가서는 미동을 하지 않았다.

톡톡!

움찔!

노란색, 검은색 꿀벌 줄무늬가 있는 엉덩이를 건드리니, 녀석이 귀찮다고 하지 말라고 씰룩거렸다.

피곤했나? 쉬고 싶은 것 같아서 더 건들지는 않기로 했다.

뭘 하고 왔는지 참.

'그러고 보니 나 잠들기 전에 왔는데, 나도 지켜 줬나?'

그건 확실하지 않지만, 왠지 그랬을 수도 있겠다는 생각이 들었다.

그러니 더는 건들지 않고 쉬게 놔두기로 했다.

어차피 그럴 수밖에 없었다.

"아저씨!"

"응? 벌써 왔어?"

"벌써라니요!? 오늘 하루가 얼마나 길었는데."

그랬나? 나한테는 유난히 짧았던 것 같은데 수아는 아니었나 보다.

응? 아닌데? 시간이 아직 학교에서 올 시간이 아니다.

내가 너무 많이 잤나 싶었는데 그 정도는 아니었던 것.

"너 왜 이렇게 빨리 왔어? 학교는?"

"프히히! 오늘부터 여름 방학 전까지 단축 수업이래요~!"

"⋯⋯그래? 그래 놓고 아깐 나보고 힘들었다고 하다니."

"헷!"

어이가 없어서 피식 웃음이 새어 나왔다.

그런데 곧 방학이라니, 이건 좀 부러운데?

"방학 땐 뭐 하려고? 과외는 계속해야지?"

"아참참! 저 그거 때문에 아저씨한테 상담!"

"상담? 무슨 상담?"
"그건 나중에 말할게요!"
뭐야, 그게 왜 비밀인 건데?
더 궁금하게 말이다.
혹시 남자친구? 요즘 초등학생들은 잘 사귀고 잘 만난다는데.
'……연애 상담은 무리인데. 차라리 도윤이한테 물어보라고 해야지.'
강도윤은 잘생긴 배우니까.
뭐, 딱히 다른 의미는 없었다.
생긴 것 보고 생긴 어떤 관념적인 이미지랄까? 연애 상담을 잘할 것 같은?
아무튼.
"부럽다."
"뭐가요?"
"방학 말이야."
"아저씨도 쉬면 되잖아요. 자체 여름 휴가하고."
"그렇긴 한데."
딱히 그렇게까지 하고 싶지는 않은 느낌?
지금도 즐겁긴 하니까.
부럽다는 건 그냥 저 나이대에만 할 수 있는 방학이라는 시간이 부러운 거였다.
"시원한 거 줄까?"
"네! 민초!"

"푸?"

"예쓰~!"

이젠 호흡이 아주 척척 맞다.

얼른 시원한 민초푸 하나 만들어서 주었다. 그리고 수아와 함께 그렇게 수다를 떨다 보니 어느새 봉사 모임 멤버들이 다 모였다.

그것도 두 명이 추가된 상태였다.

바로 이 순경, 이서준 씨와 강도윤이 새롭게 가입한 것이다.

"오늘은 도와드리지 못해서 죄송하네요. 근무 중이라."

"괜찮습니다. 활동할 때 종종 시간 나면 들려주세요. 딱히 강제는 아니니까요."

"하하! 예. 알겠습니다. 그럼 수고하십시오."

이서준은 인사만 하고 갔다.

순찰을 돌다가 온 거라서 얼른 가야 했다. 그렇게 결과적으론 한 명만 추가가 된 상태가 됐으므로.

나, 수아, 수호, 한송이, 이선아, 강도윤.

이렇게 여섯 명이 됐다.

"팻말은 제가 거의 다 만들어 뒀습니다. 이게 예시고요. 한 작가님이랑 내가 그림을 그리고, 나머지는 문구를 좀 써 줄래요?"

"네에!"

내가 만들어 둔 팻말을 따라서 팻말을 더 만들었다.

여럿이서 하니까 금방이었다.

거기에 효과는 내가 최종적으로 검사하는 척하면서 불어 넣었다.

'……이거 장난 아닌데?'

아까 왜 그렇게 잠들었는지 알겠다.

이렇게 많은 재능을 한 번에 조화로 불어넣으면 정말 심력이 지쳤다.

순간 물 먹은 솜이 된 것처럼 말이다.

다행히 조금 있으니 회복이 되긴 했는데…….

너무 자주는 못 쓰겠다.

당연히 화생의 재능인 희생, 신념, 극복을 썼기 때문에 아우라의 소모도 적지 않았다.

"괜찮으세요?"

"아, 네. 괜찮습니다. 이제 이거 설치하러 가시죠."

걱정하는 한송이에게 괜찮다고 말했다.

힘이 들긴 했지만 그래도 버틸 만했다.

오늘은 이거만 설치하고 집에 가서 쉬면 되니 그것까지만 하기로 했다.

이번엔 조를 나와 한송이, 수아와 수호, 그리고 이선아와 강도윤으로 짰다.

그리고 마을 주변을 따라 흐르는 냇가 근처에 사람들이 많이 가는 곳 위주로 팻말을 설치하기로 했다.

나와 한송이는 제일 먼 곳부터 내려오기로 했다.

"저기부터 할까요? 저기가 전에 누가 낚시하면서 배터리를 쓴 자리더라고요."

"진짜요?"

그리고 한송이와 얘기를 하며 함께 첫 팻말을 설치했다.

그런데.

샤라랑~

아우라들이 팻말 주변으로 모여들었다.

'어? 얘들이 왜?'

카페에서는 조금 떨어진 곳인데 아우라들이 왜 여기서 보이는 걸까.

효과는 이미 불어넣었는데?

팟!!

모여든 아우라들이 팻말 속으로 스며들더니 이내 빛을 뿜었다.

이건 또 무슨 일이지?

아우라의 빛이 뿜어져 나와 주변을 뒤덮었다. 그리고 나와 이어지며 묘한 감각이 떠올랐다.

그건 마치 꿈속에서 느꼈던 감각과 비슷한 느낌이었다.

나는 가만히 있는데 그 주변을 다 볼 수 있는 듯한 그런 느낌.

'……이게 뭐지?'

사실 진짜 의문을 가진 건 아니었다. 어렴풋이 짐작은 했다.

범의 영역 효과.

그걸 완성한 뒤 그런 꿈도 꾸었으니, 이것도 그것과 관계가 있겠지.

 그렇다고 해도 놀랍지 않은 건 아니었기에 나온 의문이었다. 꿈속에서 있었던 일이 진짜가 되다니…….

 아, 아직 그 정도는 아닌가?

 내가 느끼는 감각은 겨우 팻말 일대와 공터에 있는 카페 정도였으니.

 그래도 신기한 감각이었다.

 그리고 다행이라고 해야 할지 아쉽다고 해야 할지는 모르겠지만 이 감각이 계속 유지가 되는 건 아니었다.

 잠깐 유지 됐던 감각은 이내 끊어졌다.

 "왜 그러세요? 뭐가 잘못됐나요?"

 "아뇨. 잘된 것 같습니다. 또 설치하러 가 보죠."

 "네! 이거 왠지 느낌이 좋은 것 같아요."

 "그러게요. 저도 괜찮을 것 같네요."

 한송이의 말에 고개를 끄덕였다.

 알고 그러는 것 같진 않지만 어쨌든 효과는 적용된 것 같으니 한송이의 말대로 괜찮은 방법이 됐다.

 '쓰레기 버리겠다는 생각을 해 보라고 하면 이상한 사람 취급받겠지?'

 확인을 할 수 있는 가장 빠른 방법인데 이걸 요청해 볼 순 없었다.

 그건 누가 들어도 이상하고 바보 같은 요청이었다.

 뭐, 나중에 확인할 수 있으니 지금은 그냥 넘어가서 다른 팻말을 설치하는 게…….

"응?"

"네?"

"아, 아닙니다. 잠깐 방향이 헷갈려서요."

"아하! 저쪽이에요! 저 여기 길 많이 잃고 돌아봐서 잘 알아요."

"……길을 많이 잃었어요? 이 동네에서요?"

"네!"

그게 그렇게 해맑게 답할 일인가?

천호리는 그렇게 복잡한 길이 없는데 말이지.

나도 헷갈린다는 핑계를 대서 뭐 할 말은 없다만. 너무 해맑게 말하는 한송이의 모습에 피식 웃음이 새어 나왔다.

하지만 그것도 잠시.

앞을 보며 진지하게 감각을 느꼈다.

'이건, 저쪽에도 팻말을 설치했구나!'

아까 내가 팻말을 설치했을 때와 같은 감각이 바라보고 있는 방향에서 느껴졌다.

그렇다는 말은 우리 말고 다른 팀이 팻말을 설치했다는 뜻이었다.

다른 팀도 하나씩 설치하고 있으니 우리도 서둘러야겠다.

"그럼 가시죠."

"저쪽인데요?"

"아닐 겁니다."

"에? 그런가요?"

"예. 이쪽입니다."

엉뚱한 방향을 가리키는 한송이의 손가락을 원위치시켜 줬다.

생각보다 심한 거 같은데. 그래도 카페는 길 잃어버리지 않고 잘 찾아오는 게 용하네.

그렇게 올바른 방향으로 다시 이동했다.

팻말의 개수는 총 다섯 개인데 우리가 두 개를 가지고 왔으니 하나만 더 설치하면 됐다.

"와! 저기 엄청 큰 바위가 있어요!"

"저기쯤 할까요? 사람들이 많이 자리 잡을 것 같은데."

한참 내려가다가 발견한 자리였다.

한송이가 말한 바위는 꽤 널찍하고 완만해서 사람들이 자리를 펴고 앉기 딱 좋아 보였다.

거기에 바위 사이에 물은 꽤 빠르게 흘러서 튜브 타고 놀기에도 딱 좋아 보인다.

조금 더 내려가면 꽤 깊이가 되는 곳도 보이니 여기가 명당이었다.

볕도 잘 들고 말이지.

아니나 다를까 사람들의 흔적도 이미 있었다.

"고기를 구워 먹었나 봐요."

"그러게요."

다행히 쓰레기는 없었지만 그래도 지우지 못하는 흔적들이 보였다.

기름 자국이라든가 자리를 폈던 흔적들이었다.
여기서 팻말이 잘 보일 수 있을 만한 곳으로 설치하기로 했다.
"저기! 사람들이 왠지 저기로 내려 올 것 같아요."
"음…… 그러네요."
길은 못 찾아도 이건 잘 찾네.
딱 봐도 사람들이 도로 쪽에서 물가로 내려올 만한 길이 보였다.
거기에 팻말을 설치하기로 했다.
바위에 자리를 잡아도 잘 보이는 것 같았다.
그렇게 설치하고 나자 아까와 같은 감각이 들었다.
여기까지 영역이 확장되는 느낌이었다.
그리고 다른 팀이 있는 곳에서도 설치를 했는지 그 감각이 더 증폭했다.
그런데 그렇게 되니.
'……이건 살짝 머리가 띵한데?'
한꺼번에 너무 많은 정보가 밀려들어 오는 느낌이었다. 과부하라고 해야 하나?
감각을 끊겠다고 생각하자 금방 사라지긴 했다.
아무래도 영역의 크기가 늘어나면서 생긴 문제 같았다.
심각한 건 아니라서 큰 문제가 될 것 같진 않지만 그래도 생각은 해둬야겠다.
'하긴, 이런 능력을 얻는데 그냥 막 확장할 수 있으면 그게 더 이상하지.'

진짜 범의 영역처럼 그 공간을 확장해서 느낄 수 있는 엄청난 능력이었다.

팻말을 다섯 개만 설치했지만, 그 영역이 거의 천호리 마을을 둘러싼 물가를 다 덮었다.

얼마나 대단한 능력인지 굳이 더 알아보지 않아도 될 정도로 지금까지 얻은 능력 중에서도 뛰어났다.

'사실 다른 능력들도 카페에서만 쓰는 게 아니면 다 엄청나긴 하지만.'

그 엄청난 능력들을 더 넓은 곳에서 쓸 수 있게 만들어 주는 게 바로 '범의 영역'이었다.

한마디로 쑥쑥이의 축복 재능을 조금 다른 방식으로 확장 시킨 것.

그것도 아우라의 소모는 축복에 비해선 적다.

한 번에 감각을 공유하려고 하면 머리가 띵한 문제만 해결한다면 더 좋은 능력이 될 터.

오히려 그렇게 생각하니 즐겁다.

원래 같은 용돈이라도 설날에 윷놀이로 번 것과 그냥 절하고 번 건 느낌이 다르듯 말이다.

심지어 윷놀이로 버는 것도 결국 어떡해서든 본전은 받는다. 지더라도 말이다.

이것도 마찬가지.

어차피 이 능력은 받았다. 그것의 문제만 해결하면 더욱 온전히 내 것이 될 뿐이다.

"무슨 생각을 그렇게 하세요? 어! 저기 애들 와요!"

"아닙니다. 그냥 이걸로 잘 해결됐으면 해서요."
"그러게요. 저도요. 얘들아~"
한송이가 손을 흔들었다. 그러자 저쪽에서도 손을 흔들며 다가왔다.
먼저 온 건 수아와 수호였다.
"수호 넌 경기하느라 힘들 텐데."
"괜찮아요. 신기하게 이렇게 하고 나면 다음 날 경기가 더 잘 되던데요?"
"그래? 그럼 다행이고."
그거야 당연하지.
이렇게 봉사 모임을 하고 나면 효과 듬뿍 들어간 음료를 한 잔씩 주니까.
피로도 풀고 머릿속 잡념도 날리고. 다음 날 컨디션을 좋을 수밖에.
그럼에도 참 심성이 바르다고 느낄 수밖에 없었다.
저 나이대에 이러기 쉽진 않으니까.
시간 나면 친구들하고 놀고 싶기도 할 텐데 말이다.
"저는요! 저는 왜 안 물어봐요??"
"수아 넌, 안 힘들 것 같은데. 오늘 일찍 와서 쉬다가 한 거잖아."
"치이! 힘들거든요~? 아고고 다리 아퍼."
"연기는 안 되겠다. 아이돌만 해 보자."
"앗! 저 연기도 할 거예요! 나윤 언니가 같이하자고 했어요!"

언제 강나윤이 언니가 된 거지.
정말 수아의 친화력은 알다가도 모르겠다.
전에는 이모 아니었나?
음, 아니었던 것 같기도 하고.
아무튼 수아, 수호가 온 뒤에 이선아와 강도윤도 왔다.
그런데…… 뭘 한가득 봉지에 품고 왔다.
저건 뭐지? 혹시 오면서 쓰레기라도 주웠나 싶었는데…….
"자두예요. 이장님이 오늘 딴 거라고 주셨어요."
"아."
강도윤의 말에 검은 봉지 안을 보니 잘 익은 자두들이 가득 있었다.
아니, 귤도 아니고 무슨 자두를 이렇게 많이 주셨지?
아무튼 손 큰 것 하나는 알아줘야 했다.
"그럼 일단, 카페에 가서 먹든 말든 할까요?"
한송이와 봉사 모임 멤버들을 보며 물었다. 그러자 다들 고개를 끄덕였다.
그렇게 오늘도 무사히 봉사를 마쳤다.
그렇게 카페로 돌아오는 길.
카페로 올라가는 오솔길 앞에 노란 과일 상자가 잔뜩 쌓여 있었다.
"……혹시 이장님이 저것도 두고 가셨어?"
"오빠 줄 게 있다고 했던 것 같은데 그게 저거였나 보네."

딱 봐도 자두였다.
아니, 무슨 자두를 저렇게 많이 줘?
강도윤이 들고 온 건 진짜 새 발의 피였다.
"그냥 먹어. 어차피 아빠도 고마워서 주는 거니까."
"그건 안다만."
우리가 이런 건전한 활동을 하는 것에 이장님은 엄청 좋아하셨다.
전에 한우도 잔뜩 사 주지 않았던가.
그래도 매번 받기만 하는 건 조금…… 좋네.
이렇게 다들 주고받고 나누며 사는 거지 뭐.
잘 익은 자두가 가득 든 상자를 들고 카페에 돌아왔다.
"다들 수고했어요. 시원한 것 좀 마실래요?"
사실 물으나 마나 한 질문이었다.
다들 들어오자마자 퍼져서 고개만 끄덕였다.
팻말 한두 개 세우는 게 사실 그리 힘든 일은 아니지만 요즘 날씨를 생각하면 그냥 걷는 것도 쉽지 않았다.
그러니 다들 지치고 시원한 게 먹고 싶은 눈치.
전에 했던 다 때려 넣은 화채를 할까 싶었지만, 텃밭에서 나는 수박의 양이 많이 남지 않았다.
대신 잔뜩 생긴 게 있었다.
먼저 상자에 든 건 잘 보관해 두고 강도윤이 봉지째로 들고 온 자두를 꺼냈다.
적당히 단단하면서도 달콤한 향이 나는 걸 보니 역시 맛있을 것 같았다. 완전 새빨갛지도 않고 새콤달콤하게 익은 자두였다.

'이건 음료로도 상큼하니 좋지.'

물론 바로 하나 씻어서 그래도 입으로 베어 무는 맛이 제일 좋지만.

콰삭!

대충 씻어서 한 입 베어 무니 과즙이 팡팡 터져 입속을 가득 채웠다.

더위에 걷느라 갈증이 있었는데 순식간에 그걸 채워졌다.

달콤하면서 새콤한 자두의 과즙은 입맛도 싹 돌게 만드는 힘이 있었다.

세포가 하나하나 깨어나는 느낌이랄까?

"뭐예요. 그렇게 혼자 맛있게 먹기예요?"

"하나씩 씻어 줄 테니까 먹어."

내가 자두 먹는 소리에 수아가 자기도 달라고 했다.

아깐 음료로 먹는다고 해 놓고선.

근데 그건 수아만 그런 게 아니었다.

다들 고개만 든 채 내가 먹고 있는 자두만 보고 있었다.

결국 씻어서 하나씩 줬다.

끼옹~

"자."

슬쩍 몰래 미호도 한 알 주고.

순식간에 자두 한 알이 씨앗만 남기고 사라졌다.

자두는 다른 것도 좋은데, 껍질 채로 씹을 때 그 껍질에서 나는 진한 자두 향과 상큼함이 진짜 좋은 것 같다.

여름에 딱 에너지를 낼 수 있는 상큼함이라고 해야 하나?

이렇게 땀을 흘리고 먹으면 더 그랬다.

"그러니 껍질 채로 주스를 만들어야 맛있지."

쨈도 만들고 젤라또도 만들고 싶지만⋯⋯.

다른 그걸 기다릴 정도로 체력이 있진 않아 보이니 남은 건 간단하게 자두 스무디를 만들기로 했다.

과육을 껍질 채로 잘라서 믹서기에 넣고 얼음과 갈면 바로 스무디가 완성.

여름은 이게 좋은 것 같다.

고민하지 않고 생과일 스무디를 선택할 수 있다는 게.

웬만하면 다 맛있고 신선하니까.

"자, 다들 스무디 한잔하고 집에 갑시다."

컵에 나눠서 담아 지친 사람들에게 줬다. 당연히 꿀을 넣어 피로 회복 효과를 넣고, 생 민트 잎도 조금 넣어 심신 안정 효과도 냈다.

"으음~ 맛있다! 그냥 스무디인데 왜 다른 곳에선 이런 맛이 안 날까요?"

"집에서 먹어 봤는데 맛이 조금 달라."

"그치? 저도 전에 사장님이 얘기해 준 대로 같은 과일로 스무디랑 주스는 만들어 봤거든? 근데 맛이 다르더라고. 그런 게 타고난 손맛인가?"

한송이와 이선아가 자두 스무디를 마시며 맛에 관한 얘

기를 나눴다.
 저런 얘기를 들으니 괜히 뿌듯했다.
 "아저씨 한 잔 더요!"
 "배탈 나. 인마. 조금만 더 마셔."
 "넵!"
 물론 제일 뿌듯하게 만드는 건 역시 수아였지만.
 그렇게 음료를 마시며 오늘을 마무리했다.
 과연 내일부터 효과가 있을지 궁금했다.

* * *

 주말은 금방 왔다.
 이미 그 전부터 휴가를 쓴 사람들이 이쪽으로도 몰려서 천호리 주변 물가에는 사람들로 가득했다.
 시골에 이렇게 사람이 많이 몰리는 건 이때가 유일한 시기가 아닌가 싶다.
 한 가지 고무적인 건…….
 "후우ㅡ."
 공유했던 감각을 풀며 숨을 내쉬었다.
 가끔 카페에서 이렇게 팻말 쪽의 영역과 감각을 공유해서 봤다.
 그런데 놀랍게도 사람들이 쓰레기를 버리지 않고 잘 주워 가는 모습만 볼 수 있었다.
 '효과는 확실히 있어.'

그리고 또 하나.
재미있게도 그곳에서 쉬고 놀다간 사람들은…….
샤라랑~
이렇게 기분 좋은 아우라 또한 뿜었다.

* * *

 사람들이 뿜은 아우라는 팻말 주변의 땅에 스며들었다. 그리고 또 일부는 카페로 스며들기도 했다.
 즐겁게 놀다간 만큼 기쁜 아우라들이었다. 그래서 그런지 그들이 머문 자리도 깨끗했다.
 '일석이조네.'
 팻말을 설치하면서 쓰레기를 버리지 않는 건 기대했어도, 이런 것까진 예상하지 않았다.
 그리고 그건 봉사 모임을 하는 멤버들도 마찬가지.
 ─아침에 봤는데 완전 깨끗함!
 ─나도 봤어. 진짜 팻말 효과 있나 봐~
 ─아빠가 어제 처음으로 여름에 스트레스 안 받는다고 엄청 좋아하면서 카드 줌. 오늘 골든 벨 울리러 감.
 단톡방에서 하는 얘기도 온통 이에 대한 얘기였다.
 정말로 팻말 덕분이라고 생각하는 건지는 모르겠지만. 어쨌든 다들 기분이 좋은 건 맞았다.
 일단 주말 동안 더 많은 사람이 찾아왔는데도 이전보다 더 깨끗했으니까.

진즉에 이랬으면 얼마나 좋을까 싶지만.
'현재에 만족해야지.'
앞으로 더 나아지길 바라면서 말이다.
게다가 재미있는 건 또 있었다.
팻말로 효과를 불어넣은 곳을 어제 둘러볼 때였다.

▶여름 쉼터(임시)

바로 이거였다.
임시라는 표시는 당연하게도 언제든지 정식 쉼터가 될 수 있다는 뜻이기도 했다.
조건만 완성한다면 말이다.
'왠지 조건이 머리가 띵한 게 없어지는 것 같은데.'
아직까지도 공간에 대한 감각을 공유하면 머리가 멍해지는 느낌이 있었다.
그것과 연관해서 생각해 보면 아마 지금 내 역량이 부족해서 그런 게 아닌가 싶다.
임시라는 것도 그래서 인 것 같고.
이걸 해결하면 정식 쉼터가 되는 건 물론이고, 텍스트 창의 상태도 변화가 있을 것 같은데…….
"무리는 말아야지."
아프다 말할 정도까지는 아니긴 했지만, 어쨌든 이상이 있는 무리한 일이었다.
이런 건 역시 조심스럽게 접근해야 됐다. 비록 임시로

만들어진 쉼터가 없어진다고 해도 말이다.

물론 그렇다고 그냥 넋 놓고 있겠다는 건 또 아니지만.

'기회가 있는데 노력은 해야지.'

지금도 계속 아우라가 흘러 들어오고 있었다.

새로 온 사람, 떠나는 사람 할 것 없이 기분 좋게 휴식을 즐기고 있다는 뜻이었다. 그리고 그게 또 선순환되고.

그러니 계속 시도는 해 볼 생각이다. 쉼터로 만들기 위해서.

아무튼 그건 그렇고.

또 다른 문제가 하나 생겼다.

"이 자두는 또 어떡한다."

바로 이장님이 잔뜩 주신 자두였다.

손님들이 오면 가져가서 먹으라고 앞에 바구니 채로 가득 두기도 했다.

거기에 이장님 밭이라는 원산지도 표기했다.

그러면 가끔 어디 가면 살 수 있냐는 문의도 들어왔다.

당연히 나는 우리 마을 이장님의 밭에 가면 살 수 있다고 안내하며 무료 홍보를 해 주었다. 간 사람이 꽤 되니, 어느 정도 받은 것에 대한 값은 치르고 있는 셈인데…….

"그래도 많단 말이지."

복숭아 때도 그랬지만, 참 손 큰 사람이 아닐 수 없었다.

어쩔 수 없이 자두 베이스와 자두 잼부터 만들어 두기로 했다.

다른 잼들과 다르게 상큼함이 좋은 자두 잼은 나도 좋아하는 편이었다.

도시에선 생각보다 잘 없어서 아쉬웠지만, 가끔 발견하면 또 그렇게 반가울 수 없는 잼이기도 했다.

'자줏빛이 감도는 게 색도 예뻤지.'

만드는 방법은 간단했다.

일단 자두를 잘 씻은 뒤, 씨만 제거하면 손질은 거의 끝난 거나 다름없었다.

물론 그게 일이지만.

자두는 알이 큰 편이 아니라서 하나 손질하는 데 손이 많이 가는 편이었다.

꽤 많은 양을 하려면 그만큼 다른 과일에 비해 손이 두 배, 세 배 가는 것이다.

하지만.

'이것도 익숙해지니 쉽네.'

이제 이런 재료 다듬는 건 일도 아니었다.

금방 한 박스를 다 손질했다.

이 정도면 꽤 많은 잼이 나올 것 같았다.

'한 박스는 손님들 가져가게 둘 거니까 놔두고. 나머지는 음료 베이스를 만들면 얼추 되겠네.'

지난번 복숭아보다 많아서 걱정했는데, 요즘 소비가 많아서 그런지 금방 다 쓸 것 같긴 했다.

그런데 왠지 이장님이 점점 더 많이 주면서 어디까지 소화할 수 있는지 보는 것 같기도?

'에이, 아니겠지.'

그럼 이번에 이 정도 자두를 소화했으면 다음엔…….

생각하기도 무섭다.

물론 이렇게 주시는 거야 감사한 일이었다.

이장님네 과일들은 대부분 상급이라 이렇게 주는 양이면 돈으로 따져도 꽤 나갈 테니까.

그리고 무언가를 대가 없이 이렇게 베풀어 준다는 건 값어치를 떠나서 감사할 수밖에 없는 일이었다.

"잼은 좀 가져다드려야겠네."

이선아를 통해서 주기로 했다.

손질을 다 한 자두는 이제 설탕과 섞어서 끓이면 됐다.

식감이 어느 정도 있는 게 좋기 때문에 적당히 끓여야 했다.

너무 푹 끓이면 물러질뿐더러 설탕도 너무 굳으니까.

새콤한 맛과 향도 살아 있어야 하니 설탕이 녹고 과즙과 잘 섞일 동안 끓여 줬다.

그러고 나서는 한참 식힌 뒤 레몬즙을 조금 넣었다.

더 새콤하면서도 피로회복 효과도 넣어 줄 수 있으니 일석이조였다.

그렇게 만들 자두 잼은 열탕 소독한 유리병에 차곡차곡 담았다.

투명한 유리병에 비치는 잼의 색깔도 예뻤다.

이대로 토리의 굴 저장실에 넣어 두면 될 듯했다.

물론 그 전에 맛은 봐야겠지.

'바게트를 좀 만들어 볼까?'

사실 전에 논밭 일을 돕고 나서 미숫가루를 포함해서 이것저것 또 많이 받았다.

밀가루도 많이 받고 잡곡도 받고.

기본 중 기본인 빵이면서 또 한 번 손이 가면 계속 부담 없이 가는 빵.

그냥 먹어도 괜찮고 잼과 크림을 곁들여 먹으면 더 좋았다.

특유의 발효된 고소한 향이 일품인 기본 식사 빵이니 브런치를 낼 때도 좋은 재료였다.

샌드위치는 더할 나위 없고.

만들기는 어렵지 않았다. 재료도 간단하고.

논밭 주인 할아버지한테 받은 강력분. 그리고 소금, 이스트, 물, 얼음.

이게 다였다.

버터도 들어가지 않아 아주 담백한 맛 그 자체.

'반죽 온도가 24도 이상이 안 돼야 한다라…….'

기본 빵인데 도시에선 또 그만큼 맛있는 베이커리 집도 드물었다.

갓 구운 바게트가 아니면 그 맛이 바로 반감이 되기 때문이리라.

특히 시간이 지나 표면에 수분이 생겨 흐물거리기 시작하면 그때부터 바게트는 자기 진짜 매력을 보여 주지 못했다.

"시간이…… 딱이네."

수아나 한송이가 카페를 찾을 때쯤이면 바게트가 맛있는 시간일 듯하니, 바로 만들어 두기로 했다.

믹서에 모든 재료를 넣고 2분 중속, 5분 저속으로 믹싱을 했다.

바게트야말로 발효 과학의 절정이었다.

그러니 레시피를 철저히 지켰다.

물론 딱히 지키지 않으려고 해도 감각과 개안이 타이밍을 알려 주고 있어서 안 지키기도 그랬다.

맛있게 되는 방법을 알려 주는 건데 말이다.

믹싱된 반죽은 23도에서 24도 사이로 완벽했다.

반죽 표면을 매끈하게 만들어 주고 밀봉 후 10분 실온 휴지.

그다음 반죽을 접고 약 10분 휴지, 폴딩 후 40분 동안 1차 발효를 시켜 주면 된다.

약 2.5배 정도 반죽이 가스에 의해 부풀면 딱 좋았다.

그사이에 잼은 토리의 굴에 보관하니, 딱 맞게 1차 발효가 끝났다.

이제 반죽을 분할 해서 살짝 말아 표면을 정리해 준 뒤, 15분간 쉬는 시간을 주고 오픈 판에 밀가루를 충분히 뿌려 둔 뒤.

15분이 지난 반죽을 성형하면 거의 끝났다.

'이러니까 바게트를 직접 만드는 걸 잘 안 하려 하지.'

기본 빵인데 손이 많이 간다.

물론 식빵도 마찬가지긴 했다.

베이킹은 하면 할수록 느끼지만. 참, 섬세함과의 싸움이었다.

그래도 한번 만들어 보면 손에 바로 익어서 그다음부터는 쉬웠다.

'손재주 재능하고 고유 재능인 제조 덕분이겠지만.'

성형한 반죽은 충격이 가지 않게 정말 조심히 다뤄서 판에 옮겼다.

그리고 그 위에 칼집을 내줬다.

프랑스에선 칼집이 5개 들어가야 바게트라고 부를 수 있다는데, 어쨌든 이렇게 구우면 끝.

예열된 오븐에 230도로 22분 구워 주는데, 우리는 스팀 기능이 없는 오븐이라 주물 팬에 물을 담아 바게트를 올린 판 밑에 두었다.

그렇게 잠시 후.

곧 맛있는 바게트가 익어가는 소리와 고소한 빵 냄새가 카페 안을 가득 채웠다.

"이럴 때가 아니지."

손님이 있으면 안 되지만 마침 지금은 없었다.

그러니 제일 처음 나온 바게트는 내 차지였다.

얼른 커피를 내렸다.

다크 로스팅까진 아니지만, 적당히 묵직한 배합의 블렌딩으로 내린 커피는 향이 아주 진했다.

고소한 풍미도 있으면서 로스팅으로 우디 향까지 담긴

커피였다.

바게트와 즐기기에 적당한 듯했다.

띵~!

맑고 고운 오븐 타이머 소리가 빵이 다 됐다고 알려 줬다.

끼용?

"궁금해?"

먹는 것에 호기심이 정말 강한 미호가 옆에 와서 기웃거렸다.

근데 애들도 뜨거운 건 느끼려나?

녀석이 겁도 없이 오븐에 다가가다가 화들짝 놀라서 뒤로 점프하는 걸 보니, 느끼나 보다.

"신기한 걸 알았네."

하긴, 미호는 맛도 구별하니까.

가끔 배를 뒤집었을 때 만져 주면 좋아하기도 했다.

그 모습을 보며 피식 웃었다.

'성격도 참 달라.'

브라우니가 뭔가 첫째 딸 같은 느낌이면 미호는 막내딸 같은 느낌이다.

물론 아직 딸은커녕 결혼도 안 해서 정확한 건 아니었지만.

바게트를 꺼냈다.

겉면은 노릇노릇, 바삭하게 잘 익었다.

칼집 낸 부분이 쩍 벌어져서 더 맛있어 보이는 느낌.

이제 관건은 안까지 잘 익었냐였다.

바삭!

바로 반으로 잘라서 뜯어 봤다.

그러자 새하얀 속살이 결결이 찢어지는 바게트 속을 볼 수 있었다.

이건 안 먹어 봐도 잘 됐다.

쫄깃쫄깃해 보이면서도 또 부드러워 보이는. 잘 발효된 고소한 숙성 향이 맛있게 퍼졌다.

여기에 커피 향과 더해지니 말이 필요 없었다.

이럴 때가 아니지.

얼른 바게트와 커피를 들고 홀로 나왔다. 그리고 창가에 자리를 잡고 앉았다.

'이 정도만 해도 피크닉 온 것 같네.'

창문에 보이는 공터를 보니 너른 들판 앞에 대충 자리 깐 느낌이었다.

그것도 조금은 이국적인 풍경을 보면서 말이다.

물론 늘 보던 풍경이었지만 느낌만은 색달랐다.

'향도 충분히 마음을 안정시켜 주고 또 색다른 경험을 주니까.'

그냥 무시할 부분은 아니었다.

바게트를 뜯어서 한 입 먹어 봤다.

고소하고 짭짤했다.

속살은 쫄깃하면서도 부드럽게 씹혔고 겉은 노릇하고 바삭한 느낌 그대로의 맛.

그냥 향에서 느낄 수 있는 바로 그 맛이 입에 들어온 것 같았다.
아직 따끈따끈해서 더 그랬다.
이런 게 카페 사장의 소소한 행복이 아닐까.
바게트를 사선으로 적당한 두께로 잘라서 방금 만든 자두 잼도 발라 먹어 봤다.
"맛있네."
산뜻한 자두 향과 새콤하면서 달달함이 바게트의 고소함과 아주 잘 어울렸다.
끼융~
"자. 너도 먹어."
옆에서 달라고 애교를 부리는 미호에게도 줬다.
커피는 안 좋아하지만 달달한 건 환장하는 녀석이었다.
바게트에 발라 줬는데 위에 잼만 핥아 먹는다.
웃긴 녀석.
그래도 혼자 먹는 것보다 같이 먹으니까 또 느낌이 다르긴 하네.
"바쁜 것도 좋은데 이렇게 여유로운 것도 좋네."
초창기 호랑이 쉼터 같은 느낌에 미소가 절로 그려졌다.
이 와중에도 임시 쉼터, 범의 영역에서 스며드는 아우라는 그런 미소를 더욱 진하게 만들었다.
한 번에 많이는 아니지만 계속 이렇게 들어오니 어느새

꽤 많은 아우라들이 스며들었다.
"월급 루팡하는 기분이네."
그래서 그런가? 기분이 좋은 이유 말이다.
늘 권장하는 건 아니지만 가끔은 이런 것도 좋네.
물론.
샤라랑~
"응?"
새로운 재능이 생기는 건 두말할 것 없이 더 좋았다.

〉터 관리

고유 재능이 또 하나가 생겼다.
터 관리라.
어떤 식으로 작용하는지 살펴보니…….

[터 관리]
*현재 관리 목록
▶[호랑이 쉼터]
▶[지붕 위 작은 쉼터]
▶[텃밭(확장)]
▶[나무 그늘 아래 쉼터]
▶[토리의 굴(확장)]

*관리 가능 목록

▶봉봉이네 꿀단지(임시)
▶여름 쉼터(임시)

'생각보다 꽤 되네.'
그동안 모은 터를 이렇게 정리해서 보여 줬는데 생각보다 많았다.
심지어 봉봉이네 꿀단지는 꿀벌집을 말하는 모양인데, 거기도 임시였다.
쉼터로 만들 수 있는 조건을 갖추면 완전히 얻을 수 있다는 얘기였다.
그건 그렇고 터 관리 재능은 뭐지?
'말 그대로 관리를 할 수 있다는 거겠지?'
텍스트창을 유심히 살폈다.
이런 재능은 또 처음이니 호기심이 일었다.
"아. 이거 그거네?"
그런데 금방 터 관리의 기능을 하나 알 수 있었다.
바로 감각 공유였다.
범의 영역인 여름 쉼터만 되는 게 아니라 다른 터도 생각만 하면 이제 그쪽을 볼 수 있었다.
볼 수 있다는 말이 조금 이상하긴 한데, 어쨌든 마치 하늘에서 내려다보듯 상태를 볼 수 있으니 틀린 표현은 또 아니었다.
'텃밭이나 다른 쉼터 관리가 편해지겠네.'
특히 토리의 굴이나 봉봉이의 꿀단지는 카페와는 조금

떨어진 곳에 있어서 매번 직접 봐야 확인이 가능했는데, 그게 편해졌다.

 범의 영역 효과를 만들어 내면서 이런 재능까지 얻게 되다니.

 '근데 이게 다는 아닌 것 같은데.'

 관리라는 건 그냥 보는 것만이 아니었다.

 직접 물리적이든 뭐든 간섭이 가능한 종합적인 상태를 말했다.

 그렇다는 건 그냥 보는 것만이 아니라 어떤 간섭이 가능할 수도 있다는 건데…….

 "음."

 지금은 안 된다.

 이것도 여름 쉼터가 임시인 것처럼 당장은 내 능력 밖인지도 모르겠다.

 그래도 시야와 감각이 공유됐으니…… 나중엔 어떤 일들이 가능할지 문득 궁금해졌다.

 물론 걱정도 있었다.

 '관리할 터가 많아지면 관리하는 것도 일이겠네.'

 혼자가 그걸 다 하기엔 머리가 아플 수도 있다.

 멀티도 정도껏 이고 그걸 규칙화하는 것도 어느 정도였다.

 꿈속에서처럼 정말 넓은 영역을 쉼터로 관리하는 게 생각만큼 쉽지는 않을 듯했다.

 하긴 이미 과부하가 걸린 상태니…….

"더 열심히 해야 되네."

음, 그래 그래야겠어.

새로운 재능을 얻으며 또 하나의 숙제를 얻었다.

근데 이미 비슷한 숙제를 가지고 있어서 왠지 이득인 것은 느낌이었다.

둘이 겹쳐져서 절대적인 숙제 양이 작아진 것 같은?

물론 아니겠지만.

커피를 호로록 마셨다.

얼음이 적당히 녹은 아이스 커피라 진하던 로스팅 향도 조금 묽어졌지만, 이것도 좋았다.

그리고.

"쟤는 왜 또 뛰어온대."

그렇게 잠시 시간을 보내고 있으니 오솔길 쪽에서 수아가 나타났다.

슬슬 올 때가 됐다 싶었는데 역시나였다.

근데 이 더운 여름에 왜 저렇게 맨날 뛰어올까.

딸랑~ 딸랑~

"아저씨! 대박, 대박이에요!"

"인사부터 해야지."

"앗! 어서 오세요~"

"그건 내가 해야 되는 거고."

"프히히! 아무튼! 진짜 중요한 소식이라고요!"

뭐길래 애가 저렇게 상기된 거지?

땀은 뻘뻘 흘리면서 말이다.

"일단 앉아. 마실 거 줄까?"
"네! 근데 이거부터 말하고요!"
"그래. 말해 봐. 뭔데?"
이쯤 되니 나도 궁금했다.
뭐가 저렇게 수아를 만들었는지.
"저 연습생으로 스카웃 됐어요!"
"……연습생? 아이돌?"
"네! 대박이죠!? 여름 방학부터 와서 교육받으래요!"
"벌써?"
이제 겨우 11살인데 벌써 연습생으로 들어간다고?
아이돌들이 조금 이르게 들어간다고는 들었는데 그래도 너무 이르지 않나?
문득 아쉬움이 차올랐다.
여름 방학에 올라가면…….
"언제부터? 테스트도 받아?"
"네! 테스트받긴 하는데 거의 합격이래요."
"그래?"
"네! 완전 대박 소식이죠?"
놀라운 소식이긴 했다.
애가 진짜 아이돌이라는 꿈을 좇아 천천히 다가가고 있는 모습을 보고 있는 것 같고.
"그래서 말인데요~ 계약할 때 아저씨가 좀 봐주시면 안 돼요?"
"응? 계약할 때? 아."

신나서 방방 뛰던 수아가 조심스럽게 말했다.
생각해 보니 수아는 수호와 둘이 살고 있었다.
수호가 일단 보호자이긴 한데 녀석도 성인은 아니다.
확실히 이런 계약에는 어른이 있어야겠지.
그 역할을 내가 대신 할 수 있을까 싶긴 했지만……
"도움이 되면 같이 있어 줄게."
"예쓰~! 고마워요!"
수아가 방방 뛰며 안겼다.
진짜 신이 났나 보다.
이렇게까지 격하게 좋아하는 건 몇 번 못 봤는데.
저리 신나 하니 조금의 아쉬움을 표현하는 건 나중으로 미루기로 했다.
그래도 조금은 진정시킬 필요는 있어 보이니, 시원한 음료를 만들어 주려는데.
"응?"
전화가 왔다.
그것도 조금 의외의 사람에게서 온 전화였다.
"여보세요?"
-오랜만입니다. 천유진 씨.
"예. 그러네요. 그때 뵙고는 처음인 것 같네요. 바쁜 일은 좀 괜찮아지셨나요?"
-일이야 늘 바쁜 법이죠. 그보다 천유진 씨는 어떻게, 잘 적응하셨는지 궁금하군요.
통화 상대는 김도혁 씨였다.

현무 법인의 변호사.

할아버지의 유산을 처리해 준 사람이기도 했다.

동시에 할아버지의 유언인 10년간의 호랑이 쉼터 운영에 관한 감시자이기도 했으니, 갑작스런 전화가 의아한 건 아니었다.

"예. 생각보다 적성에 더 잘 맞는 것 같네요."

―그러십니까? 그럼 제가 한 번 찾아봬도 될까요?

"변호사님이요? 저야 상관없는데. 혹시 이렇게 오시는 것도 유산 상속 조건에 속하는 겁니까?"

―그건 아닙니다. 아직 천유진 씨께서 그만둔다는 얘기를 하신 건 아니니까요. 그저, 궁금하기도 하고 또 저도 휴식이 좀 필요해서요.

"아! 그런 거라면 언제든 오시죠."

김도혁 씨의 말에 반갑게 답했다.

그러고 보니 그때 읍내 카페에서 봤을 때 모습이 생각났다.

깔끔한 인상과 빈틈없어 보이는 모습과 피곤에 절어 있는 듯한 모습이 공존하고 있었지.

얼핏 중얼거리기로는 제대로 된 커피를 마시고 싶다고도 했던 것 같은데…….

'아마 할아버지가 해 주신 커피일 거야.'

효과가 들어간 커피를 마시다가 다른 커피를 마시면 확 차이가 나는 건 몰라도 몸에 느껴지는 게 없진 않을 거다.

게다가 할아버지는 좋은 원두를 쓰기도 했고.

어쩌면 수아와 마찬가지로 내가 호랑이 쉼터에 얼마나 잘 적응했는지, 그리고 할아버지와는 어떤 차이가 있는지 알 수 있는 사람일지도.

'배홍석 할아버지도 오시면 참 좋을 텐데.'

바쁘다는데 떼를 쓰듯 오라고 할 순 없는 일이었다.

나중에 김도혁 씨처럼 찾을 날이 있을 테니 기다려야겠지.

아무튼 김도혁 씨의 방문 소식은 기쁘게 받아들였다.

"누구예요?"

"아, 변호사님. 여기 처리해 준 분. 수아 너도 알려나?"

"어? 네! 알아요!"

"그래? 그분이 카페에 한 번 오신다고 하네?"

"진짜요?"

친화력 좋은 수아도 그 사람하고는 그렇게 친하지 못했던 건가?

생각보다 반응이 엄청 강하진 않았다.

아니면 연습생으로 들어간다는 사실 때문에 기분이 붕 떠 있어서 그럴지도.

얼른 마실 것 좀 줘야겠다.

* * *

현무 법인 본사의 김도혁의 사무실.

모든 게 깔끔하게 정리가 되어 먼지 한 톨도 나오지 않을 것 같은 곳이었다.

게다가 책장에 빼곡한 책을 제외하면 책상 의자.

그게 큰 가구의 끝이었다.

넓고 쾌적한 내부에 비해서는 심하게 간소한 느낌이 없지 않아 있는데…….

똑똑!

"손님 오셨습니다."

"손님? 누구시라고 하시죠?"

"봉황 마트에서 오셨다는데요?"

"아. 그래요? 들어오라고 해 주세요."

"예."

노크 소리와 함께 밖에 있던 비서와 대화 끝에 곧 문이 열렸다.

안으로 들어온 사람은 바로 배준호였다.

"오랜만이군."

흘깃 배준호를 본 김도혁은 이내 다시 서류로 시선을 돌렸다.

"그러게요. 여기 여전히 춥네요. 추워."

"여름이다만?"

"에어컨을 너무 돌리고 있는 거 아니에요?"

"여름이니까."

김도혁의 말에 배준호가 재미없다고 중얼거리며 혀를 찼다.

물론 김도혁은 전혀 신경도 안 썼지만.

"무슨 일이지?"
"카페에 간다면서요?"
"그건 또 어떻게 들었지?"
"다~ 정보망이 있죠."
"보나 마나 그 꼬맹이겠지."
"꼬맹이, 꼬맹이 하지 말죠? 서로 존중하자고요."
천유진을 상대할 때와 지금의 배준호의 모습도 좀 달랐다.

항상 웃는 얼굴이던 배준호였는데 어쩐지 김도혁과도 비슷한 표정이 언뜻언뜻 나오는 것이다.

물론 금세 웃는 얼굴에 가려지긴 했지만.
"가서 뭐 하시게요?"
"알 것 없지 않나?"
"할아버지가 궁금하다고 해도요?"
"각자 존중해야지."
아까 자신이 했던 말을 그대로 하는 김도혁의 모습에 배준호가 혀를 찼다.

여전히 빈틈이라고는 없는 인간이라며.
탁!
그때, 김도혁이 드디어 서류에 사인을 마치고 펜을 내려놨다.

그리고 안경을 바르게 쓰며 배준호를 봤다.
"어지간히 걱정이 되나 보지?"
"걱정이라기보단, 그냥 궁금해서요."

"그냥 커피 마시러 가는 거다."
"진짜요?"
"카페에 커피 마시러 가지 그럼 뭐 하러 가지?"
"뭐, 민초푸도 마시고 이것저것 많죠?"
"……말장난이 늘었군. 귀찮게."
"그러니까 확실하게 말 좀 합시다. 이유가 뭡니까? 아직 일 년도 안 지났는데."
"말했다. 커피 마시러 간다고. 그리고, 정리해야 될 것도 좀 있어서 말이지."

김도혁이 서류를 흔들며 내려놨다.

천유진의 이름이 거론된 서류였다.

그걸 잠시 본 배준호는 입매를 비틀었다.

항상 웃는 그에겐 보기 힘든 모습이었으나 김도혁은 익숙한 듯 별 반응을 보이지 않았다.

"재미있는 내용이네요. 뭐, 볼일이 많으신 듯하니 저도 가 보겠습니다. 조금 바쁘겠네요."

배준호가 일어났다. 그리고 미련 없이 나갔다.

"쯧. 제 할 말만 하는 건 조부와 똑 닮았군."

그러니 후계자인가.

김도혁은 혼잣말을 중얼거리며 서류를 내려다봤다.

그리고 손가락을 툭툭 치며 생각에 잠기더니 서류를 뒤, 그것을 챙기며 일어섰다.

배준호와 마찬가지로 그도 일이 바빴다.

* * *

 김도혁 씨의 연락을 받은 뒤 새로 얻은 재능인 터 관리를 어떻게 하면 더 잘 쓸 수 있을지 생각했다.
 임시로 쉼터로 지정된 곳들도 어떻게 하면 정식으로 될지도 마찬가지.
 아직 그에 대한 확실한 답은 구하지 못했지만 그래도 하나 짐작되는 바는 생겼다.
 '머리를 채운 아우라.'
 벽을 하나 부수듯 머릿속 무언가를 깨고 아우라가 자리를 차지했다.
 그로 인해서 한 단계 더 성장하기도 했고 이런 재능도 생긴 걸로 봐선…….
 아무래도 이 단계를 좀 더 완숙의 경지로 이끌어야 할 것 같다는 느낌이 들었다.
 지금도 아우라는 잘 다루고 있지만 그건 또 모르는 일이었다.
 할아버지는 얼마나 잘 다뤘는지 모르는 일이고.
 당근만 해도 그랬다.
 아직 그에 근접하는 효과를 가진 작물은 텃밭에서 나지 않았다.
 '적수성연'의 효과가 1년짜리긴 해도 그건 조화로 만든 효과였다.
 그것만 봐도 할아버지를 따라잡지는 못했다는 걸 알 수

있었다.
 그러니, 아직 더 발전의 가능성은 있었다.
 "천천히 하긴 하겠지만, 그래도 느리진 않고 싶은데."
 이건 약간 할아버지와의 경쟁심 같은 거기도 했다.
 '그래도 욕심은 부리지 말자.'
 즐겁게 또 카페에서 일하다 보면 깨닫는 날이 있겠지.
 끼융?
 꾸루~?
 미호와 브라우니가 주변을 맴돌며 고개를 갸우뚱했다.
 애들은 내 감정을 조금은 느끼는 것 같았다.
 하아암~
 늘어지게 하품이나 하는 랑이는 전혀 모르는 것 같고.
 그 모습들에 피식 웃으며 공터를 가로질러 오는 손님을 맞이할 준비를 하는데…….
 '응? 뭐지?'
 조금 특이한 손님이 찾아온 것 같다.

* * *

 묘한 아우라였다.
 칙칙한 아우라 같으면서 이상하게 조금 결이 다른 느낌?
 그러니까, 일단 색은 좋지 않았다.
 그런데 그게 꼭 저 사람을 힘들게 만들고 있는 것 같지는 않은 느낌이었다.

마치 원래 저 사람의 아우라는 저런 것처럼 말이다.
'묘하네.'
칙칙한 아우라가 원래의 것이라니…… 그럴 수가 있나?
조금 의아했지만 어쨌든 손님으로 왔으니 넋 놓고 있을 순 없었다.
"어서 오세요~"
두리번거리면서 들어오던 남자는 내 인사에 그제야 이쪽을 봤다.
그러자 남자를 둘러싸고 있는 아우라도 마치 이쪽을 보듯 돌아섰다.
뭔지 몰라도 찝찝한 느낌이 들었다.
"큼큼. 저, 혹시 여기가 천호리 마을 앞에 있는 호랑이 쉼터라는 카페 맞습니까?"
"예. 맞습니다만."
"아아, 잘 찾아왔네요. 하도 시골이라 간판을 보고도 헷갈려서. 저는 이런 사람입니다."
남자는 확인을 한 뒤에 명함을 꺼내서 내게 줬다.
손님이 아니었던 건가?
일단 받아서 보는데.
'엔터?'
거기엔 블랙 아이 엔터테인먼트라는 회사명과 함께 이름이 적혀져 있었다.
엔터테인먼트면…… 아, 이 사람이 혹시 수아가 말한

연습생으로 뽑아 줬다는 회사에서 온 건가?

안 그래도 오늘 보기로 했다고 수아가 말했다.

아직 수아가 오지 않아서 당연히 비슷한 시간에 올 줄 알았는데…….

'수호가 오는 시간도 있는데 생각보다 일찍 왔네?'

약속 시간에 일찍 오는 거야 일하는 입장으로서는 좋은 태도였다.

근데 그게 몇 시간이나 먼저라면 조금 의아한 일이긴 했다.

시골이긴 해도 차가 막힐 곳도 아니고, 이렇게 일찍 올 필요가 있나?

"백수아 양 보호자로 카페 사장님이 오신다고 했는데 혹시?"

"예, 제가 맞습니다. 일단 앉으시죠. 생각보다 일찍 오셨네요?"

"하하! 이거 제가 수아 양의 영상을 보고 너무 들떠서 설레발을 좀 쳤습니다."

"그런가요? 일단 음료라도 드릴까요? 수아가 오려면 좀 걸릴 텐데."

"그럼 한 잔 부탁드리겠습니다. 아, 그리고 뭐 수아 양이야 어차피 미성년자이기도 하니 계약서 얘기는 저희끼리 하면 되지 않겠습니까?"

이건 또 뭔 소리지.

물론 내가 수아의 부모나 아니면 최소 삼촌이라도 되면

또 모르겠다.

사실 그래도 본인 의사와 상관없이 계약한다는 것부터가 웃긴 일인데, 그저 보호자일 뿐인 나와 무슨 계약 내용을 자세히 하겠다는 거지?

'묘하게 기분이 나빠.'

저 아우라 때문인가? 아니면 남자의 태도 때문인가?

모르겠지만 기분이 좋지 않았다.

마치 냇가 쪽에서 쓰레기를 본 것 같은 기분이라고 하면 조금 심한 말이려나.

보통 칙칙한 아우라를 보면 저건 어떻게 해결해야 할까 생각하는데 그런 생각도 안 들었다.

"잠시만 기다려 주세요. 일단 말하기 전에 커피부터 드리겠습니다."

"예예. 천천히 주세요."

일단은 음료 핑계로 주방으로 들어왔다. 그리고 곧장 명함에 적힌 엔터테인먼트를 검색해 봤다.

'일단 있긴 있는 회사네.'

그것도 제법 규모는 있어 보였다.

근데 뭐 대기업이 사기를 안 치는 것도 아니고.

물론 아직 저 사람이 사기를 쳤다는 말은 또 아니었다.

그냥 감이 안 좋았다.

"아이돌도 있네."

그럼 회사 자체는 뭐 문제가 없으려나.

내가 이쪽에 대해서 잘 알아야지 뭘…… 아!

잘 아는 사람을 알고 있긴 했다.

고나은도 있고, 강나윤도 배우긴 하지만 비슷한 업계니까 어느 정도는 알고 있을 것 같다.

둘 중 하나를 고르라면 역시 고나은 쪽이겠지만.

'내가 연락을 해 봐도 되나?'

연락처를 받긴 했는데 조금 주저하게 되긴 했다.

현직 아이돌, 그것도 잘나가는 아이돌이 아니던가.

괜히 민폐일 수도 있고 하니 고민이 됐다.

하지만 수아를 위해서라면 물어보는 것 정도야.

저쪽에 불편하면 뭐 알아서 끊겠지. 내가 뭐라고.

그래, 한 번 연락해 보기나 해 보자 하던 그때!

딸랑~ 딸랑~

누군가 문을 열고 들어오는 소리가 났다.

"어서 오세…… 요? 어?"

그런데 뭔가 낯설면서 낯익은 얼굴이었다. 어디서 봤더라?

"와~ 팀장님 진짜 여기 계셨네요?"

"팀장? 아아. 배 대리?"

"아직도 배 대리가 뭡니까. 배 대리가. 아무튼 팀장님도."

"너도 팀장이라 부르고 있네."

"어? 그러네? 왜 그랬지?"

목소리와 함께 팀장이라고 부르는 소리에 기억이 났다.

바로 예전 회사에서 팀원이었던 배 대리였다.

김정현과 함께 우리 팀의 초창기 멤버기도 했다:
  물론 스타일은 김정현과 완전 달라서 둘이 조금 투닥거리긴 했지만.
  김정현이 이래저래 둥글둥글한 면이 있다면 배준성은 뭔가 조금 모난 부분이 있는 사람이었다.
  물론 그게 나하고는 딱 맞는 부분이 있어서 상관은 없었다. 하지만 다른 사람들에겐 아니기도 했다.
  그런 의미에서 대부분 두루두루 잘 지내는 김정현과 달리 이쪽은 호불호가 강했다.
  그래서 둘이 꼭 진짜 친구처럼 싸우곤 했는데…….
  "김정현이 말했어?"
  "예. 얼마 전에 얘기 나왔거든요. 팀장님 퇴사하고 카페 차렸다는 말에 진짜 깜짝 놀랐는데…… 아니, 왜 그렇게 잘 어울려요?"
  "와중에 또 연락은 하고 지내나 보네."
  웃긴 녀석들. 그렇게 싸웠으면서 또 연락은 잘한다.
  "뭐 그냥 살아 있나 하는 정도죠."
  "그래? 아, 일단 앉을래? 오랜만인데 지금 손님이 있어서."
  "예예. 저 오늘 시간 많으니까 음료나 하나 주십쇼. 여기 진짜 좋네요. 오면서 보니까 마을도 좋던데."
  너스레 떠는 모습에 피식 웃었다.
  사실 이런 녀석은 아닌데 그동안 사회 물 좀 먹은 듯했다.

살짝 능글맞은 모습도 있고 말이지.
 근데 얘가 갑자기 날 왜 찾아왔지?
 의아하긴 한데 당장 묻기는 좀 그랬다.
 옆에 있던 남자 손님에게 고개를 숙이며 잠시 양해를 구했다.
 일단 이렇게 손님이 있으니 다시 주방 안으로 들어가려는데…….
 "응? 이게 누구야. 블랙 아이 실장님 아니셔? 나 알죠?"
 "당신은?!"
 "이야. 블랙 아이 실장님을 여기서 보네? 공사다망한 분이."
 배준성이 갑자기 수아와 연습생 계약하러 온 손님에게 아는 척을 했다. 그런데 그 태도가 어째 조금 삐딱했다.
 '저 녀석…….'
 마음에 안 드는 게 있으면 바로 티가 팍팍 내는 배준성이었다.
 그래서 더 김정현과 안 맞은 것도 있었다. 김정현은 속내를 감추니까.
 사실 사회생활에는 어울리는 성격이 아니었다.
 아까는 조금 사회생활을 할 수 있게 된 것 같더니 아니었던 건가?
 저 모습은 옛날 그대로…… 아니, 어떤 의미로는 더 심했다.

그저 둥글게 변했다고 생각했는데, 그게 아니라 뭔가 사리 분별하면서 필요한 이들에게만 딱딱 하는 것 같은 모습인데…….

아니, 그보다.

'뭐지?'

왜 저 손님에게 저런 모습을 보이는 걸까. 게다가 그런 배준성에게 저 사람은 왜 저런 반응을?

마치 뱀처럼 요동치는 손님의 아우라가 슬쩍 뒤로 숨은 듯한 느낌도 났다.

이거…… 왠지 싸하다.

그러고 보니 전에 김정현이 와서 배준성이 엔터 쪽 일을 한다고 했던 것 같다. 어쩌면 그와 관계가 있는 걸지도…….

"아시는 분이야?"

"응? 뭐야, 혹시 팀장님도 알아요?"

"아니, 오늘 처음 본 분인데. 일이 있어서 오신 거긴 해."

"일…… 이요? 저 사람이랑 팀장님이 무슨 일을?"

슬쩍 흘겨보는 배준성의 모습과 말에 움찔하는 손님의 모습에 확신했다.

뭔가 있다.

그리고 그건 썩 기분 좋은 게 아닐 가능성이 높았다.

"이 동네 아는 꼬마가 저분 소속사 연습생으로 들어간다고 해서. 보호자로 계약서 좀 같이 보려고 했지."

"엥? 팀장님 애도 있어요? 몇 살인데요?"
"내 애는 아니고. 그냥 동네 꼬마. 이제 11살이야."
"동네 꼬마를 어떻게 팀장님이 보호자를 해요? 그것도 미성년자인데?"
"걔 보호자도 오긴 올 거야. 나야 그냥 같이 있어 주는 거지. 걔도 아직 미성년이라."
"아아……."

이렇게만 말해도 눈치는 빠삭한 녀석이라 금방 무슨 말인지 알아챘다.

근데 내가 말했지만, 말하면서도 조금 이상하긴 했다. 내가 법적 보호자도 아닌데 굳이 왜 먼저 나와 얘기를 하겠다고 온 건지.

처음 들었을 땐 수아가 워낙 신나 보여서, 그리고 아까 저 손님한테 들을 땐 그냥 그런가 보다 했는데.

"또 애들 데리고 그 짓 하려고?"
"크흠! 그게 무슨 말입니까? 그 짓이라뇨."
"연습생으로 시작하는데 다른 애들보다 빨리 데뷔를 시켜 주겠다, 그러려면 돈이 좀 필요하다, 뭐 그런 식으로 돈 뜯어내는 거지 뭐겠어."
"누, 누가 요즘 세상에 그런 짓을 합니까!?"

아무도 누구라고 안 했는데 이미 정답을 말하고 있는 남자를 봤다.

배준성의 몇 마디에 저렇게 반응하는 걸 보니 확실했다.

"어차피 팀장님이 진짜 보호자도 아니기도 하고, 계약서야 요즘 표준 계약서도 돌아다니니까 장난질은 못 칠 거고. 그래서 하는 짓이 그거 아냐? 안 그래? 근데 우리 팀장님이 호구로 보였나? 그런 사람은 아닌데."

"크흠! 그냥 부모도 없는 애들 돌봐 주는 분이라길래 인사도 할 겸, 앞으로 애들 데뷔하기 전까지 잘 부탁하는 게 그게, 뭐 문젭니까?"

"아하! 그 점이 호구로 보였구나?"

"……괜히 애 앞길 망칠 생각 아니면 더 그런 식으로 말하지 않는 게 좋을 겁니다. 이 계약 저는 해도 그만, 안 해도 그만이에요. 연습생 하나가 뭐라고. 참나, 사람이 이렇게 나쁜 사람 취급입니까?"

남자가 눈빛을 차갑게 내리며 배준성에게 경고했다.

그러자 배준성이 내 쪽을 봤다. 아무래도 여기서 더 끼어들어도 되냐고 허락을 구하는 눈빛이었다.

이런 녀석이었지. 행동 대장 같은.

그러니, 살짝 고개를 저었다.

내가 아는 수아라면 굳이 이런 사람이 아니더라도 분명 더 좋은 기회가 올 아이였다.

물론 내가 앞서 계약을 망치는 꼴이 되어 버렸으니 그 점은 사과해야겠지만, 그보다 더 중요한 게 수아의 미래니까.

"됐습니다. 거기 연습생 계약은 안 하겠다고 하네요."

"예? 그게 무슨."

"방금 문자 보냈거든요. 보호자, 당사자 둘 다 그렇게 답장이 왔네요."

"……좋은 기회를 차 버리는 겁니다. 그리고 당신이 부모도 아닌데 무슨 권한으로."

"아까는 보호자랑 따로 할 말이 있다더니, 이젠 아닌가 보네?"

내 말투가 달라지자 손님. 아니, 남자는 당황한 듯했다.

순간 말문이 막힌 듯 아무 말도 안 하고 있었다.

"가세요."

안 그래도 아우라부터 계속 느낌이 안 좋았다.

배준성의 말이 이런 말을 할 시기를 조금 당겨 줬을 뿐일지도.

남자는 명백한 축객령에 뭐라 하고 싶은 말은 잔뜩 있지만 차마 내뱉지는 못하고 떠났다. 그리고 나는 수아와 수호에게 온 문자를 보며 피식 웃었다.

—형님이 그런 거면 그런 거겠죠. 수아만 괜찮으면 저는 형님 말대로 하겠습니다.

—아저씨 눈에 그런 사람이면 나쁜 사람이겠네요! 그거 때문에 아저씨한테 부탁한 거니까 그럼 저 안 할래요!

언제 내가 애들로부터 이렇게 신뢰를 받게 된 건지. 기껏해야 음료 좀 만들어 줄 뿐인 것 같은데.

……뭔가 흐뭇했다.

"뭡니까. 그 아빠 미소는? 진짜 애 없는 거 맞아요?"
"없어. 근데 넌 진짜 왜 왔어?"
아직 남아 있는 배준성의 말에 폰을 집어넣고 앞을 봤다.
덕분에 애들이 상처받기 전에 이상한 사람을 쫓아냈다. 그에 대해 감사를 좀 표하고 싶은데…….
"팀장님 현장 떠난 지 꽤 된 걸로 아는데 눈빛은 어째 더 살벌해지셨네."
"내가?"
"그럼 팀장님이지 누굽니까? 아까 보니까 저 인간도 완전히 겁먹고 도망가던데요? 그 양반 원래 그렇게 쉽게 안 가요. 뱀 같은 인간이라."
이건 또 무슨 말인지, 그렇게 살벌하게 보진 않은 것 같은데.
"그러는 너도 좀 능구렁이가 된 것 같은데?"
"좀 그래 보여요? 사회생활 참 힘들더라고요."
"……그걸 이제 배웠어?"
어이가 없어서 보니 자기도 멋쩍은 건지 배준성이 뒷머리를 긁었다.
그건 그렇고.
"아까 그 사람, 정확히 뭐야?"
"아아. 그거 있잖아요. 뉴스에도 많이 나오고. 애들 연습생 시켜 준다고 하고 돈 받는 인간들. 뭐, 그런 짓 하는 인간이에요."

"진짜 그 엔터 회사 실장은 맞아?"

"맞죠. 그러니까 저런 짓이 먹히는 거고. 오히려 요즘은 평범한 사칭꾼들은 더 안 통해요. 하도 인터넷으로 찾아봐서."

"그래? 근데 소문은 안나?"

"이게 또 애매한 게, 저러다 가끔 진짜 데뷔시켜 주는 애도 있으니까요."

"아아."

아이를 연습생으로 둔 부모라면 그 가끔에 혹할 수 있겠다는 생각이 들었다.

뉴스에서만 보던 사실을 직접 마주하니 참······.

'저런 인간은 아우라도 저렇구나.'

저건 어떻게 할 수 없나? 맑게 만들고 싶은 생각까진 안 들었지만, 그냥 두는 것도 찝찝했다.

안 보였으면 모를까······.

그런데 그때.

끼용!

"응?"

아까 사라졌던 미호가 웬 뱀을 물고 왔다.

그것도 아주 뿌듯한 표정을 지으면서.

(회사 때려치우고 카페 합니다 7권에서 계속)